TONGHUA DAWANG KAIJIANGLE 童话大王开讲3

山努亚国王

廖胜根 ◎ 编著

上海科学技术文献出版社
Shanghai Scientific and Technological Literature Press

图书在版编目（CIP）数据

山努亚国王／廖胜根编著．——上海：上海科学技术文献出版社，2018

（童话大王开讲了）

ISBN 978-7-5439-7565-1

Ⅰ．①山… Ⅱ．①廖… Ⅲ．①童话－作品集－世界 Ⅳ．① I18

中国版本图书馆 CIP 数据核字（2017）第 241135 号

责任编辑：李 莺 苏密娅
封面设计：吕宜昌

丛书名：童话大王开讲了
书　名：山努亚国王
廖胜根　编著
出版发行： 上海科学技术文献出版社
地　　址： 上海市长乐路 746 号
邮政编码： 200040
经　　销： 全国新华书店
印　　刷： 三河市人民印务有限公司
开　　本： 787mm×1092mm　1/16
印　　张： 8
字　　数： 70 千字
版　　次： 2018 年 5 月第 1 版　2018 年 5 月第 1 次印刷
书　　号： ISBN 978-7-5439-7565-1
定　　价： 28.00 元

http://www.sstlp.com

目录 CONTENTS

- 1 山努亚国王
- 7 嫘祖养蚕
- 10 盘古开天辟地
- 12 恶狼和狐狸
- 24 崂山道士
- 28 梦狼
- 32 吴门画工
- 35 赵城虎
- 39 钱卜巫
- 43 神奇的舌头
- 50 一个巫婆和六个女孩
- 52 魔镜
- 54 蚕豆变成娃娃啦

- 57 爱丽丝梦游仙境
- 62 红鬼的眼泪
- 69 阿里巴巴和四十大盗
- 82 杰克和豆茎
- 87 娶了公主的大公鸡
- 90 睡着的国王
- 93 会煮肉菜粥的锅子
- 95 面包房里的猫
- 98 勤快与懒惰
- 100 希望戒指
- 104 赵巧儿送灯台
- 106 朱特和两个哥哥
- 110 夸父追日
- 112 聪明的鸟儿会说话
- 121 田螺姑娘

山努亚国王

很久很久以前，在古印度和古中国之间的海岛上，曾有一个叫萨桑的王国。这里的国王山努亚十分残暴，性格怪僻。他每天必娶一个年轻女子回宫，但到了第二天公鸡打鸣的时候，他又会毫不留情地将年轻女子杀掉。

三年过去了，被他杀掉的女子达一千多人。百姓们再也受不了山努亚国王的残暴统治，他们纷纷携着女儿们逃离了萨桑王国。不到半年工夫，萨桑王国就再也见不到年轻女子了。

为此，山努亚十分头疼，无奈之下，他只得逼迫宰相去为他寻找年轻女子。这下可把宰相难住了，面对空空的萨桑国，上哪儿去找年轻女子呢？宰相绕着城走了三圈，最后一无所获地回到了家。

宰相有两个女儿，大女儿山鲁佐德气质高贵，博学多才，善于讲故事；二女儿多亚得生性活泼可爱，长得貌若天仙。这天，山鲁佐德见父亲回到家唉声叹气，便上前询问。宰相摇了摇头，把国王要他去找年轻女子的事说了出来。

山鲁佐德听后，坚定地对父亲说："敬爱的父亲，就让您的女儿嫁给国王吧。我相信我能用一颗真挚的心感动他，让他迷途知返，成为一个好国王。更何况，这样还能解救成千上万无辜的女子。"宰相听了女儿的话，感动得热泪盈眶。他沉默了一会儿，说："我亲爱的女儿，你是爸爸的心头肉、天上星。你根本不值得那样去冒险。"

山鲁佐德坚持说："您就让我去吧，哪怕只有万分之一的机会，我也要去试一试。"

宰相见女儿如此固

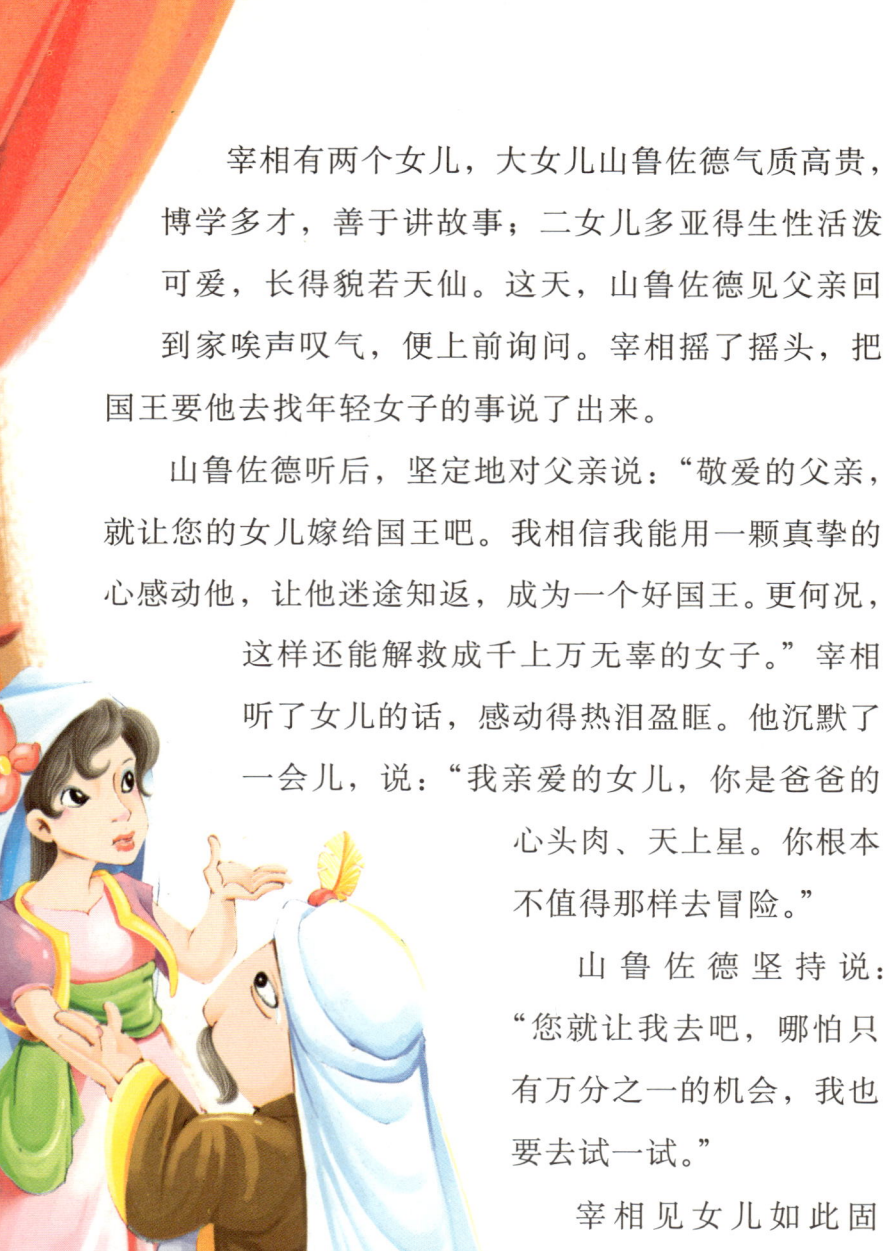

执,继续劝说:"亲爱的山鲁佐德,难道你就不怕遭遇水牛和毛驴那样的命运吗?"

山鲁佐德听了,忙问:"水牛和毛驴遭遇了什么,您能给我讲讲吗?"

于是,宰相便讲起来:从前,有一个商人,他和妻子儿女生活在一个安宁的小山村里。虽然他非常富有,但十分简朴,他有一个本领,就是能听懂鸟兽的语言。

有一天,他家的水牛和毛驴说起了话,被他听见了。

水牛见毛驴懒洋洋地躺在圈里,吃着鲜嫩的青草,心里十分羡慕,便对毛驴说:"老弟,还是你的日子过得舒坦呀,整天驮着主人到处走,也不费力,你瞧瞧,你吃的喝的多好啊!你再看看我,整天一早就被仆人赶到田里干活,还不时被鞭子抽打,吃的是苦涩的干草,唉……"

毛驴见牛一脸沮丧,顿时起了恻隐之心,便告诉水牛如何偷懒:"你呀,什么都好,就是太实在了,我告诉你一个秘诀,保证你明天就能过上像我一样的生活。你听好了,明早仆人拉你出去干活,你就装病不起,回到棚里你绝食三天,到时候主人就会心疼你,不再让你干重活了,好吃好喝的还怕没有吗?"水牛听了,茅塞顿开,准备依计行事。

第二天一早,水牛刚一下地,就躺在地上死活不肯起来。仆人见事不妙,赶紧跑回家告诉商人。

商人听后,知道其中的奥秘,笑着对仆人说:"不必担心,从今以后,你让毛驴代替水牛干活就是了。"

从此,毛驴成了替罪羊,它的好日子到了尽头。它整天下田干活,回到家还得磨麦子,吃的也大不如前了。

而水牛呢,得了实惠,整天待在棚里悠闲地吃着青草,别提有多得意了。

毛驴见了,心里不是滋味,就骗水牛说:"我听主人说,如果你的病还不见好,他就准备把你送去屠宰场。"

水牛听了，吓得大汗淋漓。它立即站起身，不停地哞哞大叫。

仆人闻声赶来，见水牛的病一下子好了，便立即叫来商人。水牛见了商人，不仅拼命地大叫，还快活地跳来跳去，表明自己的病好了，可以下地干活了。

商人见了笑得合不拢嘴，因为其中的奥妙只有他知道。

然而，听完父亲的这个故事，山鲁佐德丝毫没有退缩的意思，她说："爸爸，虽然毛驴为救水牛遭了殃，但它们毕竟是牲口。而您的女儿要救的是人，是一个个活生生的年轻女子。"

最后，宰相没有办法说服女儿，只得让山鲁佐德嫁给了国王。

山鲁佐德临走前，对妹妹多亚得说："好妹妹，等我进宫后，我就派人来接你，你见了我就说要我给你讲一个故事。这样，我就可以给国王讲故事了，如果他一高兴，我也就熬过了一个夜晚，拯救了一个女子。"多亚得听了，点了点头。

当天傍晚，山鲁佐德就跟着父亲来到宫殿面见国王。国王一看到美丽的山鲁佐德就心花怒放，他立即重赏了宰相。

然而，没多久，山鲁佐德伤心地哭了起来。国王问她原因，她就说："伟大的国王，看在我的生命还有一夜的份儿上，您就准许我再看一看我的妹妹吧。"国王被山鲁佐德的深情打动了，立即答应了她的要求，命人找来了多亚得。

多亚得一见到姐姐,就说:"亲爱的姐姐,在这最后的一个夜晚,请你为我讲一个故事吧。"

山鲁佐德装着很为难的样子说:"好妹妹,我也想啊,只怕我们尊敬的国王会反对。"

国王听说山鲁佐德会讲故事,立即被吸引了,他点头答应了多亚得的请求。于是,山鲁佐德便讲起了故事。谁知国王一听便入迷了,一天接着一天地听,再也舍不得杀掉山鲁佐德了。

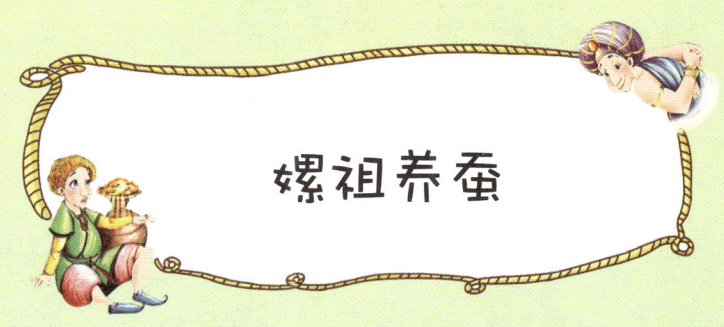

嫘祖养蚕

五千年前,在西陵山的北部有一个叫方雷的氏族部落,它的首领是一个名震遐迩的人物,人称雷公。雷公有一位美丽、善良、智慧、勤劳的女儿,她的名字叫嫘。

那个时候的人们还都穿着兽皮制成的粗制衣服,一到夏天,就会酷热难当。

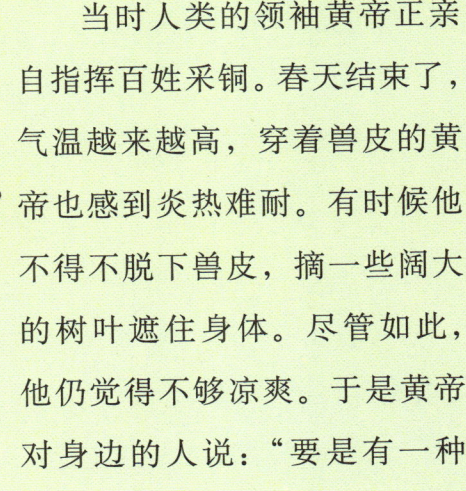

当时人类的领袖黄帝正亲自指挥百姓采铜。春天结束了,气温越来越高,穿着兽皮的黄帝也感到炎热难耐。有时候他不得不脱下兽皮,摘一些阔大的树叶遮住身体。尽管如此,他仍觉得不够凉爽。于是黄帝对身边的人说:"要是有一种

既能遮住身体又很凉快的衣服该多好啊!"

周围的人们除了点头称是,并没有什么好办法。

黄帝就这样抵抗着酷暑,继续奔走在各个采铜的地方。

有一次,黄帝在水沟边歇凉,有人报告说西陵王求见。黄帝一听,高兴地迎了过去。西陵王发现黄帝不仅英武伟岸,而且和蔼可亲,不由得心生敬意。他恭敬地向黄帝献上一匹丝绢,大声说:"这是用山野里的天虫吐的丝制成的。我们西陵人把这种虫子称为蚕,只要把它的茧放在锅里,用热水煮过,然后把丝抽出来,就可以制成这样的绢了。"黄帝起初非常开心,稍一想却叹了一口气说:"可惜它生在山野,数量肯定不多,要是……"

西陵王接过话头:"黄帝是说山野之物,会越采越少,不能织出更多的绢来吗?可我们西陵现在已经是人人植桑,家家养蚕，户户织绢了。"

原来是聪慧的雷发明了养蚕抽丝制衣的方法，可是由于日夜织绢，她已经累倒在病床上了。西陵王回去后赶到病床前看望雷，告诉她黄帝非常喜欢绢。雷听后高兴异常，脸色红润了，病竟然也好了大半。

西陵王继续说："今天我要收你做义女，并赐你一个大名，就叫嫘祖吧！"

"嫘祖——"雷小声地把这名字念了一遍。

西陵王解释说："雷和嫘是通用的，你是最先进行人工养蚕的人，所以就叫你嫘祖了。"

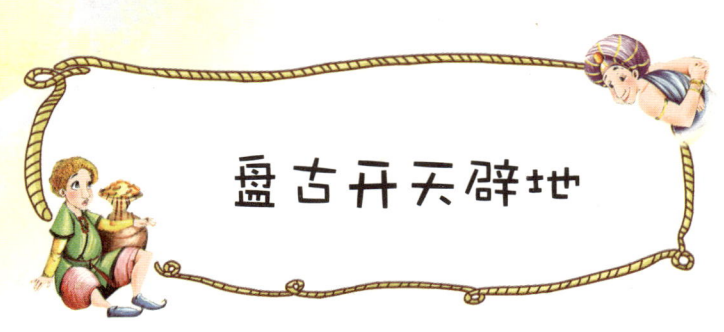

盘古开天辟地

很久以前,世界就像一个大鸡蛋,没有天,没有地,混沌一片。在它的中央,有一个叫盘古的神人,正在呼呼大睡。盘古睡了一万八千年,有一天突然睁开了眼睛,发现四周都黑黑的。他想伸一下懒腰,却无法动弹。

"讨厌!"盘古气坏了,拔下自己的一颗牙齿,变出一把锋利的斧头,使劲砸向四方。一阵巨响之后,"鸡蛋"

中的混浊物渐渐往下沉，形成了地；清新的气体缓缓上升，形成了天。

盘古吸了一口新鲜空气，突然想到一个问题："它们会不会重新合在一起呢？"盘古急忙用脚踩着地，手撑着天，挺直身子站了起来，天和地迅速分开。盘古将头昂得高高的，身体在一天之内变化九次。

盘古每长高一尺，天空就增高一尺，大地也就下沉一尺。成千上万年后，盘古长到了九万丈高，天和地再也不能合拢了。盘古眺望着这个崭新的世界，忍不住感叹："天地万物再也不会生活在黑暗中了！"盘古疲惫地倒在地上，再也没有醒来。

盘古去世后，左眼变成太阳，右眼变成月亮，头发和胡须变成漫天数不清的星星。他的身体变成了高山峻岭，筋脉变成了道路，血液形成了江河，牙齿和骨头变成了闪闪发光的金属、坚硬的石头、晶莹的珍珠，皮肤和汗毛变成了地上的花草树木。盘古最后一刻呼出的气，变成了云雾。流出的汗水，形成了雨露。

勇敢的盘古开创了天地，为人类留下了无穷的宝藏，成为令人崇拜的大英雄。

恶狼和狐狸

在很远很远的地方，有一片茂密的森林，森林中有一个山洞，一只凶恶的狼和一只狡猾的狐狸住在里面。狼总是欺负狐狸，还把狐狸当成仆人一样使唤，狐狸很生气。可狼身强体壮，而狐狸又瘦又小，每次狐狸反抗狼的命令，总会被狼痛打一顿，之后，它还是照样被狼欺负。为此，狡猾的狐狸一直怀恨在心，想找个机会狠狠地报复狼。

这天，狼又让狐狸出去为它找吃的。狐狸很不情愿，可出于对狼的害怕，它还是出去了。

它来到一个村庄，在村里发现了一个葡萄园，葡萄园里结满了又大又圆的葡萄，空气中弥漫着葡萄的香味。狐狸兴奋极了，它赶紧向园子跑去，准备饱餐一顿。

狡猾的狐狸跑到葡萄园的围墙外，突然停住了脚步。它发现在围墙的下面，居然有一个很大的洞，要是从这个洞进入葡萄园，实在太容易了。可是狡猾的狐狸眼珠子一转，并没有这样做，而是小心翼翼地观察起洞的四周。

结果，它发现在洞的下面有一个很深很大的土坑。原来这是一个陷阱，人类用它来捕捉偷吃葡萄的动物。洞口用树枝和野草盖着，如果不是狐狸观察仔细，根本就发现不了这个陷阱。

狐狸一面庆幸自己够聪明，没有中人类的圈套，一面想出了一个报复狼的绝妙主意：它要让狼掉进陷阱，借猎人的手把狼除掉！它越想越高兴，忍不住嘿嘿嘿地笑起来。于是，它怀

着兴奋的心情,赶忙向山洞跑去。

"尊敬的狼,我要告诉您一个天大的好消息!"快到山洞的时候,狐狸兴奋地边跑边喊。这时,在洞里等食物的狼早已饿了。

狐狸一跑进山洞,狼就狠狠地踢了它一脚,还大声骂道:"你这个该死的家伙,怎么现在才回来?我都快饿死了。我的午餐呢?要是没有吃的,我就把你给吃了!"

"尊敬的狼,我要告诉您一个好消息。"狐狸忍着疼说,"我刚从村子里回来,我在那儿发现了一个结满果实的葡萄园,园子的主人出远门去了,我们可以去那里饱餐一顿!"

"有这样的好事?那真是太好了。"狼很高兴,它急忙让狐狸带着自己来到了葡萄园。

到了葡萄园,狼小心地看了看周围,发现狐狸没有说谎,周围果然一个人也没有。于是,它就放心大胆地准备进去。这时,狐狸又对狼说:"尊敬的狼,您看,园子的围墙下面有一个大洞,您就从那儿进去好好儿地享用美味吧,我守在洞外为您放哨。"

狼朝围墙那边一看，果然看到了一个大洞。它太想吃葡萄了，所以根本没有观察周围的情况，立刻就往洞里钻。

只听"哎呀"一声，狼掉进了陷阱里。"救命呀，救命呀！"狼大声喊起来。听见狼的呼救声，狐狸乐坏了。它来到坑边，想好好儿欣赏一下狼的倒霉样子。

狼看见狐狸，高兴极了，赶忙对它说："亲爱的狐狸，快救我出去吧！"

"哼！"狐狸冷笑一声说，"你这只可恶的狼，你对我那么坏，每天都打我，让我给你找吃的，还要我为你梳理毛发。可我自己呢？每天都吃你吃剩的东西。今天看到你落入陷阱，我真是太高兴了，我的苦日子已经结束了！你就在里面等着猎人吧。"

狼一听,才知道这一切都是狐狸精心安排的。它生气极了,但现在只有狐狸才能救自己出去。于是狼压住怒火,用可怜的语气对狐狸说:"亲爱的狐狸,我们是多么要好的朋友呀,你就救救我吧!如果你不愿意亲自救我的话,就去把我的父亲找来吧,让它来救我,我同样会感激你的!"

"你别妄想了!我是不会帮你的。你这只凶狠的狼,你有今天的结果是自作自受!"狐狸趴在陷阱边,边说边往狼身上吐唾沫。

狼气得浑身发抖,它真想一口咬死狐狸。但它知道,现在它只能装出可怜的样子,才有可能让狐狸救自己出去。

于是,狼强装笑脸继续对狐狸说:"亲爱的狐狸,我知道以前是我错了,我现在向你道歉,等我出去以后,我一定好好儿对你!你就看在我们天天都住在一起的情分上,原谅我吧!"狼一边说，一边挤出了几滴眼泪。

狐狸哈哈大笑，它对狼说："你少在我面前装出一副可怜的样子！我知道，我要是真救你出来，你肯定会一口吃了我，所以我是不会救你的。"

这下可把狼急坏了！可是，它也没有其他的办法，只好继续装出可怜的样子，拼命地恳求狐狸可怜可怜自己，把自己救出去。看到狼的倒霉样，狐狸对狼说："没想到你也有今天！我给你讲个故事吧：

从前，森林里住着一只麻雀。有一次，它正在捉虫子，突然一只老鹰向它飞来。它急忙躲进一个小树洞里。狡猾的老鹰连忙装出一副笑脸，温和地对麻雀说：'你别害怕，我给你送吃的来了，不是来吃你的。你出来吧，我们交个朋友。'说完，就找来许多食物放在洞口。

麻雀被老鹰的甜言蜜语和假惺惺的行为迷惑了，就钻出了树洞。结果，老鹰一把抓住了它。麻雀吃惊地问老鹰：'你不是说要和我做朋友吗？原来你都是骗我的！你太恶毒了，假如你吃掉我的话，我就诅咒自己变成毒药，毒死你！'

可是老鹰才不管什么诅咒呢，它一口就吃掉了麻雀。结果，它真的中了诅咒，被毒死了。"

"可恶的狼！你就是这只爱骗人的老鹰，而我就是那只麻雀，可是我不会像它那样傻！因为我不会相信你的花言巧语，更不会相信你装出来的可怜相。你就在这里等死吧！"

听完狐狸的故事，狼知道狐狸是不会救自己了。它绝望极了，就大声哭起来。

狐狸得意地在陷阱边跳起了舞，它没有注意到自己的大尾巴这时已经悄悄地滑进了陷阱里。狼看到了这一切，于是，它飞快地抓住了狐狸的尾巴，用力一拉，就把狐狸拽进了陷

阱里。

"哈哈,你这只该死的狐狸!"狼脸上可怜的表情立刻变成了一副凶恶的模样,它恶狠狠地说,"你居然敢对我使诡计,还敢那样嘲笑我、辱骂我。现在看我怎么收拾你!"说完,狼一脚踢向狐狸,并且狠狠地咬了它一口。

"哎哟,疼死我了!"狐狸大叫起来。

狼脸上露出狰狞的表情,张嘴又要咬狐狸。这时,狐狸大声喊起来:"亲爱的狼,我亲爱的主人!我有话对您说,您千万别咬我。"狐狸一边说,一边跪在狼面前,"刚才是我的错,我现在已经后悔了。其实,我把尾巴伸给您就是要救您呀!"

"是吗?那你为什么不拉我上去?"狼将信将疑地问。

"那还不是因为您力大无比,而我的劲儿又太小,所以我才没能把您拉上去,反而被您给拽下来了。"狐狸脸上露出谄媚和谦恭的表情,一边说一边用自己的爪子梳理狼的毛发。

"哼!我是不会相信你的,你刚才在上面说的那些话,我已经把你看透了!我现在就要吃掉你,我是不会把你留给猎人的!"狼凶狠地说。

"亲爱的狼呀,我的主人,现在我是一心想救您!只要您把我驮在您高贵的背上,让我踩着您的身子爬上去,我就能去找一根长绳,把您拉上去。您身强力壮,而我力气小,所以只能让您驮我了,等我们都得救了,您再惩罚我吧。"

狼还是不太相信,狐狸更加卑躬屈膝地说:"亲爱的狼,您难道忘了我以前是怎样的忠心吗?每次危险来了,我都站在

您的前面呀！记得有一次，我们差点儿被猎人放在路边的肉所迷惑，幸亏我及时发现了真相，我们才活了下来。这些您都忘了吗？"

狼被狐狸的话打动了，它想："反正狐狸和我在一起，而且它刚被我教训了一顿，肯定不敢再玩什么花样。况且，现在只有狐狸说的方法能够救我。不然，我们两个都会被猎人杀掉的。"

"好吧，就听你的吧。可是，要是我发现你再耍什么花招的话，我决饶不了你！"狼说。看到狼相信了自己，狐狸开心极了，心里大骂狼是蠢货，嘴上都说："我怎么有胆量算计您呢？"

于是，狼把狐狸驮在身上，让它爬上去。狐狸终于爬出了陷阱，它长长地松了一口气，又看看还在等着自己救的狼，不禁冷笑起来。这时，还在陷阱里的狼着急起来，它对着狐狸大喊："你还站在那儿干什么？还不快去找绳子来救我！"

"哈哈！"狐狸笑得前俯后仰，"你这只愚蠢的狼，居然相信我真的会救你！好吧，我现在就去找猎人来救你。"说完，狐狸摘下几串香甜的葡萄，飞快地跑了。而狼只能在陷阱里又跳又骂，无论它怎么叫喊也拿狐狸没有办法。

狐狸美美地享用完了手中的葡萄，就大喊起来："快来人哪！狼来偷葡萄了，葡萄园的主人快来抓它呀！"

狐狸叫呀，喊呀。一会儿的工夫，葡萄园的主人就听到了。他拿着棍子气冲冲地向陷阱处跑来，果然，他看到一只狼正在陷阱里跳来跳去。主人生气极了，他大声骂道："你这只该死的狼，你太可恶了！竟然跑来偷我辛辛苦苦种的葡萄，幸亏你掉进了我的陷阱。哼，我今天饶不了你！"

"哎呀，不是我！我没有偷您的葡萄！是狐狸干的，是它偷了您的葡萄，还把我骗进了陷阱里。狐狸才是小偷呀！"狼

大声叫着,它急得都快哭出来了。

　　葡萄园的主人往周围一看,只看见葡萄藤上少了几串葡萄,哪有什么狐狸的踪影。"哼!你这可恶的狼,偷了东西还狡辩,看我今天怎么收拾你!"葡萄园的主人举起棍子狠狠地往狼的头上打去,狼很快被打死了。

　　主人把狼的尸体弄上来,扛在自己的肩上,离开了。

　　看到葡萄园的主人走了,一直躲在大树后面的狐狸才跑出来。它高高兴兴地回到了山洞。从此,它再也不会受狼的欺负了!

崂山道士

从前,有一个姓王的书生,他家世代书香,地位显赫。王生从小就衣食无忧,过惯了衣来伸手、饭来张口的生活。自从他听说崂山的道士如何神通广大,如何法术高强后,就开始喜欢上了道学,整天做着得道成仙的美梦。

一年过去了,王生一无所获,便收拾行装,准备去崂山拜师学艺。这天,王生来到崂山,看到不远处有一座烟雾缭绕的道观,便走了进去。大堂上,一位白胡子道长盘坐在蒲团上,显得那么的仙风飘然。话语间,王生发现,道长不仅上知天文,下知地理,而且还十分精通玄学,这让王生兴奋不已。他立即跪下,要道长收他为徒,学习法术。然而,道长笑着说:"我看你细皮嫩肉的,恐怕很难吃得消这修行的苦头。"

王生听后，指天发誓说："只要能让我学会法术，弟子愿吃任何的苦！"最后，在王生的极力恳求下，道长勉强答应了他。

第二天一早，道长把王生和众徒弟叫到跟前，让他们一起去砍柴。只见王生第一个拿上斧头，爬上了山，干得特别卖力。然而，一个月过后，王生再也坚持不住了。他看着手上的老茧，渐渐地有了回家的念头。

一天傍晚，王生看到道长的几个好友来观中做客，和道长一起饮酒闲谈。到天快黑的时候，道长并没有叫人点上蜡烛，而是用剪刀剪出一个圆纸片，把它贴在了墙上。没多久，那圆纸片竟变成了一轮明月，挂在了屋顶上，把屋子照得宛如白昼。

不一会儿,一位客人笑着说:"道长果然是法术不凡,现在既有了明月,何不把嫦娥仙子请来助兴呢?"道长点头称是,随手将一根筷子扔向月亮。不久,那筷子竟变成一个仙女,从月亮里走了下来。她来到客人中间,翩翩起舞,众人看得如痴如醉,拍手叫绝。等歌舞演完,仙女便快速地旋转起来,慢慢地变回筷子,又落到了桌上。然而,客人们仍未尽兴,又让道长带着大家到月宫里饮酒。

深夜时分,客人们纷纷离去,月亮也渐渐暗了下来,变成一张圆纸片,飘落到道长的手里。当王生看到这一切后,精神一振,立刻打消了回家的念头。

第二天一早,他继续上山砍柴,苦练道行。很快,半年过去了,王生再也忍受不了这无休无止的体力活了,心想:"我大老远的跑到这荒山野岭来,不就是想学到法术吗?现在倒好,我几乎快成砍柴的樵夫了。不行,我得尽快向道长请求一下,让他教我一些法术才好。"于是,当天夜里,王生就来到了道长的房间,跪在地上恳求道长,说:"弟子不远百里来这里求学法术,可这么久以来,我除了砍柴,什么也没学到,所以还请师父务必传授我一些法术,好让我有所成就。"

道长听后，笑着说："我早就说过你吃不了这修行的苦头。既然这样，我明早就送你下山回家。"

然而，王生却长跪不起，好说歹说要道长传授一些法术。无奈之下，道长只好答应，把穿墙术的口诀告诉了王生，并叮嘱他："你回去后，不得乱用此术，不然就会失灵无效。"

王生听后连连点头，赶紧念起了口诀，闭上眼睛快速地向一堵墙冲了过去。等他回过神来睁眼一看，自己果真到了墙的外面。王生高兴极了，回到家见人就说自己遇到了神仙，学会了穿墙术。然而，许多人不相信他，只是当做故事听听罢了。王生不服，要当着大家的面表演一番。他来到一堵墙前，拼命地冲了过去。谁知，此时穿墙术不灵了。王生狠狠地撞在墙上，头破血流，哎哟哎哟地直叫唤。大家见了，都哈哈大笑。王生捂着头，大骂老道士骗他。

梦狼

河北有一户白姓人家,族长白老翁的大儿子白甲和侄子都在南方做县令。家境虽算不上富足,但倒还宽裕。可白老翁最近寝食难安,因为他的大儿子已有三年没给家里写过书信了。

有一天,一个姓丁的远亲来看望白老翁。言谈间,白老翁把心事告诉了丁某。

丁某听后,安慰他说:"老翁不必悲伤,小的略知一些阴曹地府的事,何不让我领着你前去打探一番。"

然而，白老翁回绝了丁某的好意，称自己并不相信鬼神。等丁某离开后，奇异的事情便发生了。

当夜，白老翁做了一个怪梦，梦见自己跟着丁某来到了侄子的县衙内。只见侄子坐在高堂上，为百姓申冤。白老翁看后，心里备感欣慰。就在白老翁想上前找侄子叙旧时，丁某却一把拉住他的手，说："你侄子是当地的父母官，两袖清风，我们还是不便打扰。我再带你去看看你儿子的衙门。"

白老翁盼儿心切，于是忙跟着丁某来到了儿子白甲所在的县衙。然而，这里遍地是恶狼猛兽，它们挡住了白老翁的去路，不让通行。幸好丁某会法术，这才驱散了它们。

谁料，等白老翁来到厅堂一看，高堂上竟堆满了白骨，白老翁吓得转身就走。

就在这时，白甲从里屋走了出来。他见到父亲和丁某，嘴角笑了笑，忙吩咐仆人们去置办酒席。

不一会儿，仆人们便抬着一个死人从厨房里走了出来。白老翁不解，忙问白甲缘由。白甲镇定自若地说："这都是为父亲准备的下酒菜呀。"白老翁听后，两腿一软，倒在了地上，大骂白甲禽兽不如。

就在这时，门外进来两个身披铠甲的勇士，他们用铁索将白甲捆了个结结实实。

渐渐地，白甲变成了一头猛虎。其中一个勇士举刀就要砍。另一个忙说："不忙，不忙，这畜生要等到明年四月才被处斩，我们先拔了它的利齿再说。"说完，两个勇士拿出榔头，一一敲掉了猛虎的牙齿。老虎疼得满地打滚，呜呜嗥叫。

白老翁再也看不下去了，大叫一声，从梦中惊醒。之后，

他连夜将梦中的情形写成一封家信,让二儿子给白甲送去。

二儿子来到哥哥的府邸,发现哥哥的门牙竟都掉了。白甲看完信,惊出一身冷汗,却故作镇定地说:"这只是巧合,不能信以为真。"

弟弟见白甲不知悔改,一气之下回到了家,将白甲的冷漠告诉了父亲。白老翁听完,老泪纵横。他变卖了所有财产来救济穷人,为儿子祈福。

不久,白老翁的梦境果真应验了。白甲欺诈百姓的恶行连强盗们都看不下去了,他们趁白甲出行时,一刀结果了他。

当阴曹地府的小鬼发现了白甲的尸首后,不禁感叹道:"白老翁一生行善,可惜养了一个禽兽儿子。他要是看到这般惨状,一定会郁郁而终的。"说完,小鬼将白甲的头接回了身子,让白甲复活了。

不过,小鬼为了惩罚他,把他的头反了过来,让白甲一辈子只能看到后背,警示他痛改前非。

吴门画工

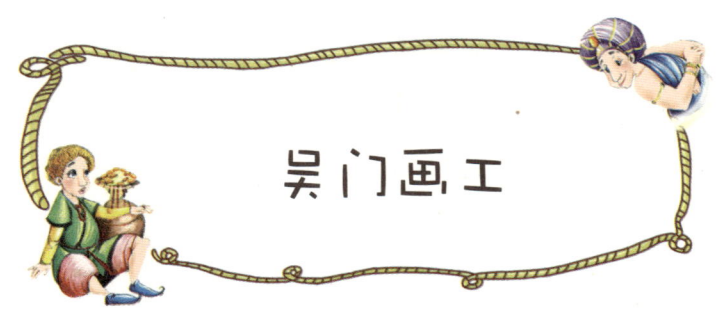

传说苏州曾有一个画工非常喜欢画吕祖（吕洞宾）的像。他一画就入神入迷，画出来的吕祖惟妙惟肖，人们见了，无不惊呼赞叹。就这样，画工一画就是三年。渐渐地，他有了与吕祖见面的幻想，盼望能和吕祖见上一面。

一天，在一个破落的道观里，有几个乞丐正在饮酒作乐。其中一位虽然衣衫破旧，但形象气质都与画工画的吕祖非常相像。画工见后，怦然心动，怀疑那人便是自己朝思暮想的吕祖。想到这儿，画工一个箭步冲上去，跪倒在那乞丐的身前说："您就是吕祖仙师吧，请受小的一拜。"乞丐们见状，都大笑不止。可画工坚持认为那人就是吕祖，无论他们如何嘲弄，都不肯起身。

最后，那个被画工怀疑为吕祖的乞丐说道："假如我真是吕

祖，你会怎样？"画工听后，惊喜万分，磕着响头，说："我此生能见到仙师，死也甘心了。"

乞丐被画工的诚意感动了，他笑着说："不错，我就是吕祖，我见你对我一片诚心，这才特意来会会你。不过，这里不是说话的地方，我晚上会去找你的。"说完，一阵青烟平地而起，吕祖和几个乞丐都不见了。

画工赶紧回家，备好酒菜，恭候吕祖的到来。可他等到晚上也没有等到吕祖，于是他不知不觉地睡着了。

在梦里，他梦见吕祖穿着道袍飘然而来。吕祖对他说："我见你性情专一诚挚，特地来和你见上一面。因你本性贪婪，不能成仙。我只能给你带来一个人。"说完，吕祖将长袖一抛，一个美人从天而降，长相好似皇宫里的贵妃。接着，吕祖又说："这位是董娘娘，你把她的样子记好，将来对你有用处。"画工听后，赶紧睁大眼睛，把董娘娘的相貌熟记在心。

不一会儿，画工就醒了。他把董娘娘画在纸上，收藏了起来。几年后的一天，画工上京城游玩，正巧听说了董娘娘病逝的消息。

不久，皇帝贴出了告示，要征集全国的画工为董娘娘画像，以此纪念这位贤惠仁厚的贵妃。

画工这才明白了吕祖当初为什么要让他记住董娘娘的外貌。他欣然报名，与众多画工聚在皇宫，通过皇帝的讲述绘出董娘娘的形象。

由于画工对此早已烂熟于心，很快就把董娘娘的画像画好了。皇帝看了，非常高兴，立即赏赐给他一万两银子。

从此，画工的人生飞黄腾达，过上了富足的日子。这多亏了他与吕祖的一段善缘。

赵城虎

古时候,赵城有一个七十来岁的老婆婆,她和她唯一的儿子住在一起,相依为命。一天,儿子上山打柴,直到晚上也没回来。后来,人们在树林里发现了他的尸体,一看就是被老虎吃了。老婆婆得知这一噩耗,当即晕了过去。儿子是她唯一的依靠,没了儿子谁来供养她呢?于是,老婆婆一气之下把那头凶残的老虎告到了县衙。

当县令看完老婆婆的状子后,为难地说:"这老虎又不是人,怎么能用管制人的法理来惩罚它呢?"老婆婆听了,觉得

伸冤无望，便坐在地上大哭起来。县令非常同情老婆婆的遭遇，他赶紧下堂，扶起老婆婆，对身边的衙役说："你们中谁能捉来老虎，为老婆婆讨回公道？"

这时，一个叫李能的衙役因刚喝了酒，便迷迷糊糊地说："区区小事，我去！"于是，县令把公文交给了李能，让他立即动身前去捉虎。

第二天，李能酒醒后，看到手中的公文，懊悔不已。他想：这老虎岂是人可以抓到的？县令一定是为了安慰老婆婆做做样子罢了。想到这里，李能回到县衙，把公文交给了县令。

谁知县令愤怒地说："军中无戏言。你既然领了公文，就不能反悔！"李能听完，委屈地拿着公文走了。他硬着头皮进到林子里，四处寻找老虎的踪迹。然而，一个月过去了，他连一根老虎的毛都没看到。这天晚上，李能来到东郊的岳王庙，跪在地上祈祷，不由得大哭起来。

就在这时，从外面走进来一只老虎。它看到李能便乖乖地蹲在了门口，眼睛里充满了悔过之意。

起初，李能吓得魂不守舍。当他看到老虎一副温驯的样子，便壮着胆子对老虎说："是你吃掉了老婆婆的儿子吗？如果是，你就点点头，和我一起回去见县令。"老虎听了，默默地点了点头。于是，李能便将这只老虎带回了县衙。

到了升堂那天，县令审问老虎："是你吃掉了老婆婆的儿子吗？"老虎听了，俯下身子，点了点头。

县令又说："老婆婆的儿子被你吃了，如果你愿意赡养老

婆婆，我就免了你的死罪。"老虎嗷嗷叫了几声，点了点头。于是，县令命人把老虎放了。

第二天，老婆婆打开房门，发现门口有一头死鹿。她远远看到了老虎的身影，才知道是老虎送来的。老婆婆卖了鹿的肉和皮，换了一些粮食。

从此，老婆婆每天都会收到老虎送来的猎物，有时还有一些银两和衣物。渐渐地，老婆婆的生活有了保障，再也不用为衣食犯愁了。

几年过后，老婆婆去世了。人们在为她举行葬礼时，老虎突然跑到老婆婆的灵前哀号长啸，在场的村民无不感动地落泪。

后来，人们为了纪念老虎的孝行，特意在赵城的东郊修了一座"义虎庙"。

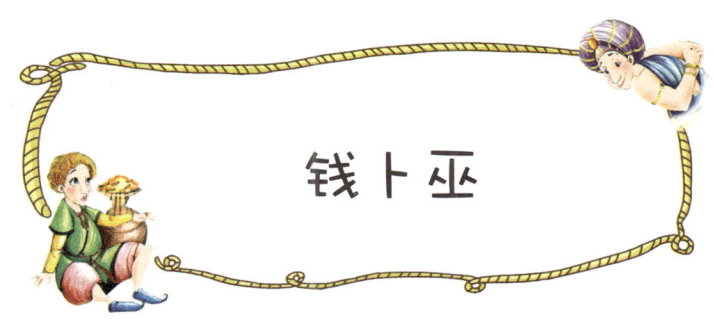

钱卜巫

从前，河间府有一个名叫夏商的人。他虽然出身大户人家，却为人勤俭，与人为善。然而，他的父亲恰恰相反，挥金如土，从不爱惜粮食。夏商的父亲名叫夏东陵，是当地有名的富豪，他的生活极度奢侈，连吃包子也要挑挑拣拣。他吃完肉馅，却把包子的皮扔得一片狼藉。

几十年过去了，夏家逐渐衰败下来，最后竟连一日三餐也不能保证了。夏商的父亲临死前，把夏商叫到身前，语重心长地说："儿啊，为父我长年糟蹋粮食，得到了报应。你一定要吸取教训，加倍珍惜粮食，以补偿我的罪过。"夏商听从父亲的训导，过

上了节衣缩食的日子。

由于夏商性情温和，待人诚恳，村民们都很喜欢和他交往。村里有一个富人，听说了夏商的遭遇后，便借钱给他做买卖。可老实的夏商根本不懂得经商。没多久，他就亏光了本钱。夏商自感惭愧，便请求富人雇自己做佣人，以此偿还。富翁不忍，夏商就把自己仅有的一点儿耕地卖掉来偿还。富翁得知后，更加感动了，他赎回了夏商的耕地，再次借钱给他去经商。谁知，这次夏商还是没能挣到钱。

为此，夏商特意请来一个女巫，让女巫为他算一算何时才能摆脱霉运。女巫从夏商那儿要来一百枚铜钱，放进木筒里，摇动起来，口中念念有词。突然，女巫大叫一声，将铜钱倒了出来。经过一番点数，她告诉夏商："这里有五十八个铜钱正面朝上，这说明你要到五十八岁时才能转运。到那时你会得到一笔钱财，过上荣华富贵的生活，而如今你所交的霉运是在替你的父亲还债。"夏商听后，半信半疑地点了点头，送走了女巫。

二十多年过去了,夏商转眼已经五十七岁了。有一天,他在修补围墙时,意外地挖出了一口陶缸,里面装满了白花花的银子,粗略一算足足有一千多两。夏商开心极了,他想起了女巫的话。不过他转念一想,却又纳闷起来,因为女巫告诉他转运的时候是五十八岁,并非五十七岁。正巧这时邻居的妻子来借东西,看到了这一幕,她赶紧回家告诉了丈夫。丈夫出于嫉妒,把夏商告到了县衙。县令是一个贪官,听说夏商发了一笔横财,就找了一个理由,把夏商关押起来,逼他交出银子。

夏商的妻子只想交一半,却被夏商阻止了。他说:"这银子不该我们得就不能得,否则一定会引出更大的灾祸。"于是,夏商的妻子把银子如数交给了县令,换回了夏商。

第二年,不知什么原因,县令突然暴死,之后又被抄家,没收了所有的财产。县令的妻子急于回娘家，便把几篓桐油廉价卖给了夏商。夏商回到家，倒出桐油，竟意外地发现了里面的金元宝，价值与当年的一千两银子相当。

从此，夏商一夜暴富，成了村里屈指可数的大户人家。然而，夏商并没有因此而骄横，他依旧过着勤俭的日子，遇到节日还不时周济村民们衣食。而那个曾陷害过夏商的邻居穷困潦倒，一日三餐只能靠吃野菜充饥。夏商听说后，主动给他送去了粮米。邻居感动得泪流满面，向夏商认了错。夏商平静地说："你没有罪过，你当年所做的事情是在帮鬼神除去我不该得到的东西，我如今的富足也有你的一份功劳。"

后来，夏商活到了八十岁。他的子孙继承了他的品德和财产，无不兴旺。

神奇的舌头

洋吉的父亲是西餐馆的老板，是有名的厨师。一个星期前，洋吉的父亲去世了。洋吉就成了这家餐馆的新主人。但可悲的是，父亲的手艺却一点儿也没有留给他。

许多厨师和仆人都陆续不干了，并劝他把店卖了。洋吉独自一人呆在店里，发出沉重的叹息。

突然，他身后传来一个声音："为什么垂头丧气的？"洋吉吓了一跳，他回过头去，只见一个厨师模样的小人站在那里。

洋吉吃惊地张大了嘴。他记得父亲曾说过，这西餐馆味道的秘密，只有味道小人知道。

"你能帮助我吗？你知道，我没有爸爸那样漂亮的手艺。"洋吉说。

味道小人像劝告似的讲道："哥们儿，重要的不是手艺，厨师凭一条舌头就能成功。不过，我可以给您的舌头施上魔法，您的手艺将比去世的主人还要出色。"

小人微笑着,从兜里拿出一片又圆又小的树叶,轻轻放在洋吉的舌头上,然后呜噜呜噜地念起咒语来。

一会儿,当小人的声音猛地中断后,洋吉舌头上的树叶也消失了。

小人从桌上跳下来,把洋吉领到烹调室的锅台上。"这是主人最后做的咖喱饭。您舔一口试试。"他说。

洋吉打开锅盖,轻轻舔了一下粘在锅底上已经干了的咖喱饭,高声说道:"这里面有姜、蒜、肉桂、丁香,还有……"

"一点儿不错!"小人翻了一个筋斗,快活地说,"赶紧做

一做试试。"洋吉点点头，急忙动手干起活来。

做好咖喱饭，小人仔细地尝了尝，然后点点头，用老师一般的口气说："行，就这样，您肯定什么都能做得好。那么，您今天晚上充分休息一下，明天到地下室来吧！那里有您爸爸做的食物，还有好多呢。主人的味道很难学的。您那出色的舌头，恐怕也有不容易弄懂的东西。不管怎样，您只要拼命地学习，就可以成为餐馆出色的主人了！"

洋吉点了一下头。"明天一定要来呀！"小人叮嘱了一句，静静地走回地下室。

第二天，洋吉从睡梦中醒来时，太阳已经高高地挂在空中了。他想起那小人的约定地下室。可是这样美妙的日子，不能到那有发霉气味的地方去呀！不如上高级西餐馆。

洋吉赶紧系上领带，来到了一家大西餐馆里。他把一匙黏糊糊的玉米汤放在舌头上时，禁不住大声喊到："知道啦！我全部知道了！"他一口气喝完汤，跑出西餐馆。

回到自己店里，洋吉就动手做出和刚才同样味道的汤来。

"啊，真了不起。我一个人也能做呀！"他得意地说道。洋吉用施了魔法的舌头，陆陆续续地到别家西餐馆去偷味道。然后回到自己店里，做出了大量惊人的菜谱。不久，他的西餐馆生意就兴隆起来了。

一转眼十年过去了，洋吉成了杰出的西餐馆主人，他再也想不起那呆在地下室的味道小人了。一天晚上，洋吉的店里来了一个穿着黑衣服的男人。当他吃完一盘夹心面包后，便对伙计说："回头跟你主人说，这儿的饭菜虽然好吃，可是，我店里的东西比这儿更好吃。"伙计把这件事告诉了洋吉。

又过了三天，那个男人又来了。当他吃完一盘夹心面包，说着同样的话，走了。洋吉穿上大衣，戴上帽子，悄悄跟在那个男人的后面。喀哒喀哒，没有行人的林荫路上，响着那个穿黑衣男人的脚步声。男人急步走进地下街。洋吉

也跟着走进地下街。当走到一个花店的拐角处时，那个男人向右拐了个弯。那男人好像是带发条的木偶人似的，总是用同样步调，"喀哒喀哒"地向前走着。

突然，在面包店那里，他又向右拐了个弯儿，走一会儿，再向右拐了个弯儿，就消失了。洋吉慌了，向四周望去，只见街道的尽头，有一家小小的西餐馆。

洋吉推开西餐馆沉重的门走了进去。店里响着低低的音乐。天花板，墙壁，都是没有加工的原样的混凝土，显得十分陈旧。洋吉坐在椅子上，抓起桌上的白面包吃起来。

"好味道！尤其是果酱和泡菜的味道最特别。好，全知道啦。这店的味道，已经是我的啦！"他忍住笑，高高兴兴地出了店。不料才走了几步，就不知道回去的路了。他只得胡乱地走起来。走着走着，"嗡——"的一声，不知怎么的，他就回

到了自己的西餐馆里。

当天深夜,洋吉独自一人在厨房,回忆着刚才的味道,可怎么也想不起来了。

他筋疲力竭地坐在椅子上,嘟哝道:"明天,再一次去那店里看看!"

第二天,洋吉到处找遍了,也没有发现那个地下街。洋吉大吃一惊,"难道自己被施了魔法,或许是昨天晚上做了梦?"

从这天起,洋吉再也吃不下任何东西,睡觉也全是果酱和泡菜的梦……

一天又一天,洋吉迷茫得在大街上走来走去,有时竟靠在店里冰冷的墙角,呆立不动。

一天,洋吉走在大街上,突然看见了那个男人,

他提着一包东西独自走着。洋吉气喘吁吁地追了上去。男人拐过花店，拐过面包店。走了一会儿，向右拐，又向右……接着，在洋吉见过的西餐馆那儿消失了。

洋吉推开那西餐馆的门，急忙走进去。

店里漆黑一片，再加上潮气冲鼻，竟让人感到冷飕飕的。

这时，里边传来尖叫声："呀，好久不见啦！"他低头一看，在他的脚边，站着那个味道小人。

那小人说："你终于回到地下室！我等了好长时间啊！"

洋吉的脑子里，清晰地浮现出多年前的约定。"对不起呀！"他蹲下身子，深深鞠一躬。那小人笑眯眯地说："没什么，您父亲的味道一点也没有变，我好好地守着呢！"

洋吉点点头，一个挨一个地尝了那些味道。无论哪一种，都是那么出色！他转过身想向小人道谢，可那小人已经不见了。从此，洋吉在父亲用过的厨房里，认真地调制做菜的各种味道。

一个巫婆和六个女孩

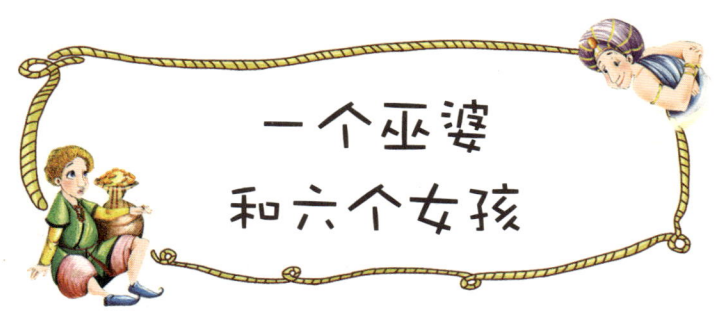

六个穿着红裙子的小女孩在森林里玩,不小心迷路了。晚上她们在森林深处发现了一座小木屋,便上前去敲门。门开了,出来一个丑陋的老太婆,她抓住了小女孩们。

六个小女孩明白眼前的老太婆是个吃人的巫婆,便想赶紧离开这儿。

"我们口渴了!我们口渴了!我们要喝水!"女孩们齐声叫起来。

"你们就忍一忍吧,明天我带你们到河边喝个够,再把你们洗得白白净净的。"巫婆说。

其中一个女孩说:"我们现在就想喝。你可以用长长的细绳子系住我们的手,每隔五分钟拉一拉就知道我们还在不在。"

巫婆想想觉得有道理,就用六根细绳子紧紧系住了女孩们的小手,自己紧握着绳子的另一端,放她们出去喝水。

女孩们到了河边。河边有很多石头,她们挑了六块大石头,然后把手上的绳子解开,系在了大石头上。巫婆每隔五分钟拉一下绳子,发现她们都在,很放心。

巫婆等到天亮,还是不见女孩们回来,便顺着绳子到河边寻找,结果发现自己上当了,气得哇哇乱叫。那些女孩们呢,乘着她们找到的一条小船回家去了。

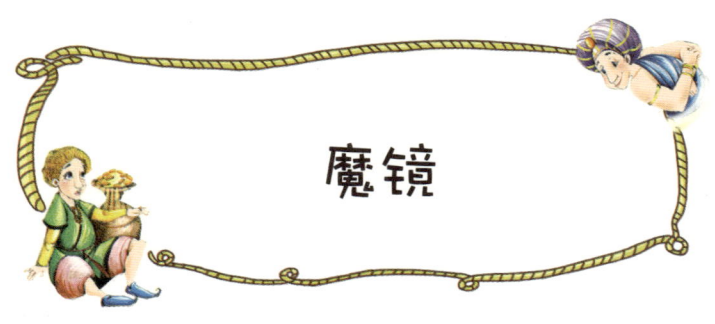

魔镜

很久以前,有一个妖魔发明了一面魔镜:魔镜照到鲜花,鲜花就会枯萎;魔镜照到漂亮的女孩,女孩就会变得丑陋;魔镜照到温柔善良的心,心就会变得冷酷无情。妖魔觉得太好玩了,好奇地去照上帝,可是,魔镜"劈里啪啦"裂成了碎片,从天空中掉落下来。

有一个男孩叫谢尔盖,他非常懂事善良,照顾着生病的母亲。一天,谢尔盖正和好朋友芳琳在花园里玩。忽然,掉落下来的魔镜碎片扎进了谢尔盖的眼睛。

从这天开始,谢尔盖就好像变了一个人似的。他常常把生病的母亲扔在家里,一个人在街上游逛;他对人粗暴,也忘记了与芳琳的友谊。一个下雪的晚上,谢尔盖失踪了。有人说,他去了最寒冷的一个国家,那个国家住着一群冷酷的人,花不开,草不绿,鸟儿也不唱歌。芳琳听到这个消息很伤心，发誓要找到谢尔盖。

"小船，小船，请把我带到谢尔盖那儿去。"芳琳央求小船说。芳琳不知道那白色的小船是女巫的，结果她来到了女巫的城堡，被女巫扣留下来打理花园，三年后才逃出来。

"乌鸦，乌鸦，请你把我带到谢尔盖那儿去。"芳琳说。乌鸦把芳琳带到了一只麋鹿面前，就飞走了。芳琳骑着麋鹿，闭上眼睛，一下子到了最寒冷的国家。这个国家的一切都是用冰雪做的。大街上，谢尔盖正和一群人在玩冰球，可是没有一点儿笑声和叫喊声。

"谢尔盖，是我，你的朋友芳琳！"芳琳抱着好朋友哭了，眼泪流了下来，热热的，滴进谢尔盖的眼睛里，扎进谢尔盖眼里的魔镜碎片随着热泪掉了出来，谢尔盖又恢复了以前的善良、热情。两个小伙伴骑着麋鹿高高兴兴地回家了。

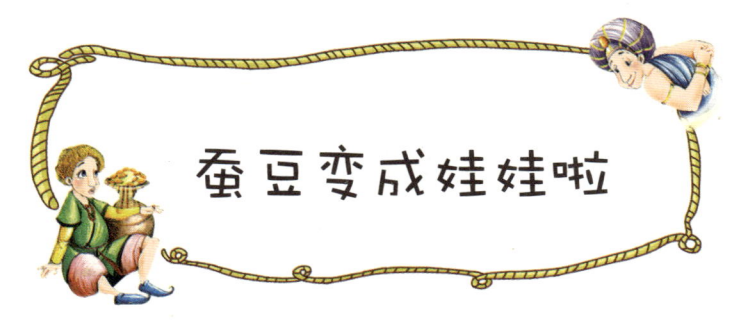

蚕豆变成娃娃啦

有一对善良的老爷爷和老奶奶,他们很想要个孩子,老奶奶甚至说,哪怕是像蚕豆那么大的孩子,他们也满足了。

一个冬天的下午,他俩坐在桌子边剥蚕豆,剥着剥着,老奶奶叹息说:"唉!如果这些蚕豆都是孩子,那该多好啊!"一瞬间,所有的蚕豆都变成了小孩儿。这些孩子跳出来,走到桌子上,兜着圈子、翻筋斗、做游戏、打架。有些孩子沿着桌子的脚滑下来,到处奔跑,四面八方都能听见孩子们叫喊的声音:

"妈妈,我饿了!"

"爸爸,我渴了!"

"他打我!"

"她骂我!"……

　　吵闹声把两个老人的耳朵快吵聋了。老奶奶说:"太吵了!太吵了!如果他们重新变成蚕豆那该多好啊!"转眼间,所有的孩子都跳进了盆子,变成了安安静静的蚕豆。

　　晚上,吃完煮蚕豆的老爷爷和老奶奶准备睡了,忽然,他们听到盆子里一个细声细气的声音:"爸爸妈妈,求求你们不要煮我,我想当你们的乖孩子。"

　　两个老人一看,是个漏煮的蚕豆,他们让它变成了小孩,给他取名叫豆约翰。豆约翰是个小男孩,很勤快,帮助两个老人做很多家务,锯木柴、生火、做饭、照看奶牛。有一天,他去买东西,很有礼貌地说:"请给我三个圆形的大面包。"

　　"谁在说话呀?怎么钱在晃动,却看不见人?奇怪了!"面包房的老板说。

"我在这儿。"豆约翰掀开纸钱的一角,面包房的老板这才发现了他。老板给了他三个圆形的面包。豆约翰把面包当做游戏用的木环,一个接着一个滚着回家。

春耕的时节到了,老爷爷到田里去耕种,豆约翰跟着去。到了田里,豆约翰让爸爸休息,他来耕地。"你长得那么小,马儿那么大,它怎么可能听你的指挥呢?"老头儿问儿子。

"你把我放在马的耳朵里,把马鞭子放在我的手上就行了。"于是,他开始吆喝:"吁!荷!得儿驾!"把马鞭子抽响,马果然服服帖帖听他的指挥,而且很快把地耕完了。就这样,豆约翰辛勤地帮两位老人干活,和他们幸福地生活在一起。直到老人去世,他才又变回一粒安安静静的蚕豆。

爱丽丝梦游仙境

爱丽丝和姐姐坐在一棵大树下看书。这时,一只兔子一边看表一边跑着说:"不好了,要迟到了!"

"这真是只奇怪的兔子,我得跟上去看看发生了什么事。"爱丽丝好奇地站了起来,跟着兔子跳进了一个黑漆漆的洞穴。

咚!爱丽丝四脚朝天地摔到了洞底,奇怪的是她一点也不觉得疼。等回过神来,爱丽丝又看见了那只兔子。

"不好了,要迟到了!"兔子说着又跑开了,迅速跳进了一扇门里,它一边跑一边嘀咕:"我得再快点,不然赶不上吃点心了。"

爱丽丝听了，也想进入那扇门内，但门实在是太小了，爱丽丝试了很多办法，可就是进不去。

眼看自己的希望就要落空，无奈的爱丽丝忽然看到了桌上的一张纸条，上面写着："请喝果汁吧！"爱丽丝拿起果汁就倒进了口中。这时，奇怪的事情发生了，爱丽丝的身体迅速地缩小了，小得只有一颗米粒儿那么大。没多久，一条狗叫着追了过来，爱丽丝赶紧躲到一朵蘑菇下。

就在这时，她看到蘑菇上正躺着一条抽烟的青虫，她忙问："青虫先生，请告诉我怎样才能变大呢，不然我迟早会被狗踩死的。"

青虫回答说："吃一块蘑菇就好了！"

爱丽丝听完，赶紧吃了一口蘑菇。没多久，她的脖子慢慢地变长了，一直伸到了树枝里。爱丽丝吓得紧闭双眼，简直不敢相信自己的眼睛。爱丽丝赶紧又吃了一口蘑菇，这才恢复了原样。

不久，爱丽丝看到了一只猫，她上前询问道："你知道那只兔子在哪里吗？"

猫托着下巴想想，说："在前面，有一个帽商和一只三月兔子，你去问问他们吧。"

于是，爱丽丝朝着猫尾巴所指的方向走去。走了一会儿，爱丽丝看到了帽商、三月兔子和睡鼠正在开茶会。

"兔子先生在哪里呢？"爱丽丝急切地问。

"我呆会儿告诉你，你先坐下喝果汁、吃蛋糕吧！"三月兔子说。

爱丽丝坐下来，但是盘中没蛋糕，杯中也没有果汁。爱丽丝不解地问："请问你说的果汁和蛋糕在哪里呢？"

"那么就喝杯茶吧!"然而茶杯也是空的。爱丽丝有点生气,冲着他们大声地说:"原来你们在捉弄我,我最讨厌这种人了,再见!"爱丽丝又走了一会儿,看到扑克牌工人正用红油漆涂着白蔷薇,爱丽丝问他们为什么要这样做。

"女王最讨厌白蔷薇,如果被她发现,我们会被砍头的。"一个扑克牌工人头也不回地说。

"真是可恶的女王。"爱丽丝愤愤地说了一句。这时,女王来了。当她发现有一朵白蔷薇时,就非常生气地把一把宝剑交给了爱丽丝,并昂着头喊道:"爱丽丝,用这把剑砍掉他们的头。"扑克牌工人听了,吓得浑身直发抖。爱丽丝将他们带到树丛中,用红油漆涂满了剑,骗过了女王。之后,她向女王询问回家的路。

女王告诉爱丽丝说:"到法院去问吧!"

爱丽丝又偷偷地溜进了法院。刚好听见女王下了"处死公爵"的判决。爱丽丝生气地冲出来说:"太过分了!"爱丽丝一生气,身体又变大了。

"杀死这个大个子,又吵又闹的妖怪女人。"扑克牌士兵一听到女王的命令,马上拿着矛朝爱丽丝冲来。"哎哟!"爱丽丝尖叫一声,并伸出手去阻挡。这时,她听到姐姐的声音。

"爱丽丝,醒来吧!"落叶缓缓地飘到爱丽丝脸上,就像扑克牌士兵的攻击一般。"啊!原来是一场梦。"

醒来后的爱丽丝对自己所看到的那只蹦蹦跳跳的兔子究竟是真实的,还是在梦中看见的,一直没法验证。

爱丽丝再看看坐在身旁的温柔的姐姐,两人相对一笑后,爱丽丝和姐姐手牵着手,愉快地回家去了。

红鬼的眼泪

不知什么时候起，在横滨的南部，就有了一座大山，山崖下有一所房子，房子里住着一个红鬼。他有一头火红的头发，一双火红的眼睛像铜铃那么大，头上还长着像牛角一样尖尖的东西。

红鬼很想成为人的好朋友。想来想去，他终于在自己家门口竖起了一个告示牌。他在牌子上写了简单的几句话：这是心地善良的红鬼的家，

欢迎大家来做客。这儿有美味的点心,还有烧好的热茶恭候大家。

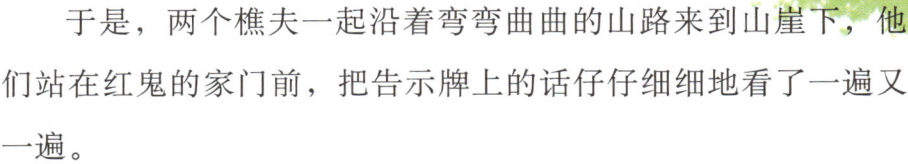

第二天,一位樵夫从红鬼的房子前经过,无意中看见了这块告示牌。他觉得很奇怪,就匆匆忙忙往山下跑,把这件事告诉了另一个樵夫。

"啊,什么,什么,鬼出了告示牌!"

"去看看吧!看看你就知道了。"

于是,两个樵夫一起沿着弯弯曲曲的山路来到山崖下,他们站在红鬼的家门前,把告示牌上的话仔仔细细地看了一遍又一遍。

"这的确是鬼写的字,看上去态度还很诚恳。"一个樵夫说。

"是啊,上面还写了有烧好的热茶和美味的点心呀!不如进去看看。"另一个樵夫说。

"别急,说不定他想把我们骗进去吃了!"

两个樵夫小心翼翼地绕着红鬼的家,走了一圈又一圈,最后两人才伸长了脖子,偷偷地向窗户里望去。

屋里的红鬼听到了他们的谈话,心里很委屈,忍不住从窗子里伸出头来,高声喊:"喂!樵夫老乡……"

这声音在人的耳朵听来,如同打雷一般响,吓得两个樵夫跌跌撞撞,往山下冲去,边跑边喊:"不好啦,不好啦,鬼来了，快逃呀！"

红鬼非常失望，难过地看着自己亲手做的告示牌，虽说花了那么多的力气，可看来没人愿意相信他的话。他猛地把告示牌拔了起来，扔在地上，用力地踩了几脚，木牌就碎了。

回到家，红鬼一点心情也没有。一个人托着下巴，在火炉旁默默地坐了很久。

"咚、咚、咚！"一阵急促的敲门声响了起来。

"会是谁呢？"红鬼打开门一看：啊！从头到脚都发着青光的好朋友青鬼，正笑呵呵地望着他。

"怎么搞的，你为什么要把辛辛苦苦立好的木牌弄碎？"青鬼问道。

红鬼把青鬼请进了家，把事情的经过

一五一十地讲了一遍。青鬼听完之后说:"嗨,这简单!我给你想个办法……"

红鬼听完,沉思了好久,没吱声。"不要再犹豫啦,快走吧!"青鬼使劲拉着他,朝山下走去。

山脚下正好有个村庄。青鬼看见村庄,有了主意,悄悄地在红鬼耳边说了几句,立即拔腿朝屋门前跑去。他一边踢门,一边大声喊:"快开门!我是鬼!"

屋里的老太太、老大爷正在吃饭,突然看见鬼站在敞开的门口,吓得直发抖,他们拼命地叫喊着:"不好啦!鬼来了!"一同从后门逃了出去。

青鬼进屋后,又摔东西又砸东西,一会儿蹦,一会儿跳,闹个不停。"红鬼,怎么还不来?"他暗自着急。

就在这时,红鬼气喘嘘嘘地跑了进来,"在哪里,那个蛮不讲理的家伙在哪里?"

红鬼握紧拳头大声喊着,一把抓住青鬼,对着他的脑袋,"砰、砰"就是几拳。"继续打,别停下!"青鬼低声对他说。

红鬼只好又打了起来。

村子里的人躲在暗处，偷偷地瞧着这一切。他们相信红鬼真的在狠狠地揍那个野蛮的青鬼。

"行了吧，你快跑吧！"红鬼心痛地对青鬼说。

"好，那我就跑了！"青鬼从红鬼的胯下钻了出去，跑开了。当他刚要出门时，还故意把自己的头撞向门框，头顿时就起了一个大青包。

红鬼一边追，一边喊："站住，看我怎么收拾你！"

当两个鬼的影子消失在茂密的树林中时，人们才你一言我一语地嚷开了："那个红鬼真的和别的鬼不一样哦！""对，一点没错！那个红鬼真的很善良。咱们还是到他那儿去喝茶吧！""对，快走吧！"村里的人，当天就进了山。

大家站在红鬼的门前，敲着门，叫道："阿红，阿红，你好

呀!"

红鬼听到有人叫他,马上打开门,笑容满面地说:"请进来吧!都请进来吧!"

他把亲手做的菜、点心端了出来,招待大伙儿。"啊,多香的茶呀!""啊,多好吃的点心呀!"村里的人都赞叹着说。

回到村子后,人人都夸红鬼的房子干干净净的,东西格外好吃,令人难忘!

于是,人们就经常三五成群地到红鬼家去做客。红鬼和很多人交上了朋友,不再像往常那样孤单了。

日子一天一天过去了,红鬼在大伙儿的欢声笑语中,总感觉少了那么一个熟悉的身影。"哦,青鬼,我最亲密的伙伴。自从那天分别后,再也没见到他了。不知道他现在怎么样了?"红鬼暗暗想到:"不行,我得去看看他!"

于是红鬼沿着高高的岩石台阶,来到了青鬼的家门前,可那房门紧紧的关闭着。

正当他准备敲门时,突然发现门旁贴着一张纸条,上面写着:"我最好的红鬼朋友,希望你永远真诚地同人交往,快乐地生活下去。近期内我不能到你那里去。如果那样的话,人们会对你产生怀疑,也可能产生恐惧。所以我决定还是出去旅行。也许这次旅行的时间会很长很长,但是,我永远不会忘记你。再见,望多多保重!你终身的朋友——青鬼。"

红鬼默默地看着这张纸条,一遍又一遍,豆大的眼泪从他铜铃般的眼睛里不停地滚落下来。

阿里巴巴和四十大盗

从前,在遥远的波斯国住着兄弟俩,哥哥叫戈西姆,弟弟叫阿里巴巴。父亲去世后,兄弟俩各自分得了一点儿财产,然后分家独立,各谋生路。不久,他们有限的一点儿财产便花光了,两个年轻人虽然吃苦耐劳,但日子还是没有什么起色。

后来,戈西姆娶了一个富商的女儿,并继承了岳父的生意,成为远近闻名的大富商。而阿里巴巴就没有他哥哥那么幸运了,他娶了一个穷人家的女儿,两个人过着贫苦的生活。

　　有一天，阿里巴巴在去砍柴的山路上遇见了一伙强盗，共有四十个人，一个个年轻力壮，行动敏捷。强盗们在树下拴好马，取下沉甸甸的鞍袋，袋子里面装满了金银珠宝。一个首领模样的人径直来到那个大石头跟前，高声说道："芝麻，开门吧！"随着那人的喊声，大石头突然缓缓移开，出现了一道宽敞的门，于是强盗们鱼贯而入。那个首领走在最后，他进入洞内以后，那道大门就关上了。

　　过了一会儿，山洞的门又开了。强盗首领首先走出洞来，他站在门前，等强盗们全部出来之后，便开始念咒语："芝麻，关门吧！"随即，门自动关上了。

　　等强盗走后，阿里巴巴走到大石头面前，大声喊道："芝麻，开门吧！"话音刚落，洞门立刻打开了。让阿里巴巴惊奇的是，洞里堆满了各式各样的宝物。这些宝贝有的散在地上，有的装在箱子里。

阿里巴巴看得目不暇接，他拿了几袋金币，念了咒语打开门，把袋子捆在柴火里面，扔到驴背上，转身说："芝麻，关门吧！"洞门应声关闭了。

回家后，他把金子拿给妻子看，并把山中的奇遇告诉了她。几袋子金币全部摆在阿里巴巴和他妻子面前，他们想知道究竟有多少。但是自己去数显然太麻烦了。阿里巴巴的妻子急忙跑到戈西姆家中借量器。戈西姆的妻子是个好奇心特别重的人，她在量器里面刷了一点儿蜜蜡，想知道阿里巴巴在家称什么。

当阿里巴巴的妻子把量器送还给嫂子时，戈西姆的妻子马上发现了蜜蜡上粘着一枚金币。她惊讶极了，心想：这里面一定有什么秘密。

晚上，戈西姆回家了，她迫不及待地将事情的经过告诉了丈夫。戈西姆知道这事后，急忙跑到阿里巴巴家，威胁阿里巴巴说出金币的来历。阿里巴巴见事情已经被发现，而且

大家是兄弟,就把那天在山上的奇遇说出来了。他把山洞的具体位置、开关门的咒语等等,全都告诉了自己的哥哥。然后,戈西姆满意地回家去了。

第二天一大早,戈西姆赶着雇来的十头骡子来到山中。他按照阿里巴巴给他描述的,先找到阿里巴巴藏身的那棵大树,然后顺利地找到了那个神秘的洞口。他迫不及待地高声喊道:"芝麻,开门吧!"洞门豁然打开了。

戈西姆走进山洞,刚站定,洞门便自动关了。对此,他没有在意,因为他的注意力完全被堆积如山的财宝吸引了。戈西姆费了好大力气,终于把自己带来的十个大口袋装满了。可是当他回到紧闭的洞门前时,由于兴奋过度,他现在竟忘了那句开门的咒语。他大喊:"大麦,开门吧!"洞门依然紧闭。

这下,他慌了神,一口气喊出了各种豆麦谷物的名称,唯独"芝麻"这个名称他怎么也没想起来。他害怕极了,不安地

在洞里转圈,堆积如山的金子也没法再吸引他了。

这天半夜,强盗们抢劫归来。他们发现了在里面吓得瑟瑟发抖的戈西姆,不由分说便砍下了他的头,接着肢解了他的尸体,挂在门内左右两侧。

这天晚上,戈西姆没有回家。他妻子觉得事情不妙,便焦急万分地跑到阿里巴巴家去询问:"兄弟,你哥哥从早上出去,到现在还没有回来。这可怎么办哪?"

阿里巴巴预感到发生了不幸的事,不然,戈西姆不可能到现在还不回家。他越想越觉得不安,但还是稳住情绪,安慰了嫂子一番。然后,自己赶着三头毛驴,前往山洞。

来到那个洞口附近,他一眼就看到了洒在地上的斑斑血迹,显然凶多吉少。他战战兢兢地来到洞口,说道:"芝麻,开门吧!"洞门应声而开。阿里巴巴急忙跨进山洞,一进洞门就看见戈西姆的尸体被分成几块分别挂在大门两侧。阿里巴巴

既惊恐又难过，他收拾好哥哥的尸体，装进袋子里，又装了几袋金币，用柴火小心地掩盖起来，念了咒语把洞门关上，赶着毛驴下山了。

回家后，他把驮着金币的两头毛驴牵到自己家，交给妻子，然后赶着另一头毛驴到戈西姆家。戈西姆的使女马尔基娜打开门，让阿里巴巴把毛驴赶进庭院。

戈西姆的妻子从窗户里看见阿里巴巴，着急地询问道："阿里巴巴，情况怎么样？有你哥哥的消息吗？"

阿里巴巴忙把事情的经过从头到尾对嫂子说了一遍。

戈西姆的妻子一听便号啕大哭。阿里巴巴说："嫂子，现在最重要的是保住自己的性命！"

戈西姆的妻子觉得一切都无法挽回了,她泪流满面地对阿里巴巴说:"我丈夫的命是前生注定的,我现在也只好认命了。为了我们大家的安全,我一定会严守秘密的。"

阿里巴巴也承诺会一辈子供养她。然后,阿里巴巴让使女马尔基娜去找一个裁缝来缝合戈西姆的尸体。马尔基娜十分聪明,她找到一个裁缝,用布蒙住他的眼睛,带到戈西姆家,等他缝好尸体后,再蒙住眼睛把他送回去。这样,秘密就不会泄露了。

强盗返回洞时,发现戈西姆的尸体不见了,他们知道自己的秘密泄露了。于是,强盗首领派一个强盗去城里打探消息。

这个强盗化装成商人,在城里溜达,恰巧碰到了那个裁缝。两人在闲谈中,裁缝告诉强盗自己半夜缝尸体的事情。于是强盗让裁缝再次蒙住眼睛,凭感觉找到了阿里巴巴的房子。这个强盗用白粉笔在大门上画了一个记号,然后满心欢喜地赶回山洞报告消息去了。

裁缝和强盗走后,马尔基娜外出办事回来,看见门上有个白色记号,便用粉笔在邻居们的大门上画上了同样的记号。

晚上,强盗们来了,可是他们发现每家的大门上都画着同样的记号。

强盗首领觉得奇怪,便问那个带路的强盗:"这里的房屋,每家的大门上都有同样的记号,你所说的到底是哪家呢?"带路的强盗顿时糊涂了,不知所措。

首领杀了那个强盗,又挑选了一个强盗进城去打听消息。这个强盗也依靠裁缝找到了阿里巴巴的家,并且在屋子的门柱上用红粉笔画了一个记号,然后返回山洞,向首领报告。

马尔基娜出房门时,发现门柱上又有个红色记号,便又在

邻近人家的门柱上也画了同样的记号。于是，强盗们的计划再次落空了。首领很生气，杀了那个强盗，决定亲自出马找出这个人。

首领化装成小贩，找到了裁缝，在他的帮助下，顺利地来到阿里巴巴的家门前。他把住宅的方位和四周的景象牢牢地记在心里，然后才赶回山洞。

首领指挥安排手下买来十九头骡子，一大皮袋菜油，以及三十八个形状、体积一致的瓦瓮，在瓦瓮的外表涂上油。强盗们将一个大瓮灌满菜油，然后全副武装，分别躲藏在其他三十七个瓮中。首领扮成卖油商人，赶着骡子，在傍晚时分敲响了阿里巴巴家的大门。

首领对阿里巴巴说："我是一个外地的卖油商人，今天路过这里，天色太晚了，不知道你能否收留我一夜？"善良的阿里巴巴答应了他的请求。

半夜，首领趁夜深人静，跑到柴房里，告诉躲在瓮中的强盗们："等一会儿你们听到我的暗号时，就迅速出来。"

马尔基娜在做活的时候，发现油灯里的油快用完了，她想

到了院子里那三十八坛菜油，于是拿着油壶去柴房。她来到第一个瓦瓮前，这时躲在瓮中的强盗听到脚步声，以为是首领来叫他们，就轻声问道："到行动的时候了吗？"

机智勇敢的马尔基娜当即应道："还不到时候呢。"她暗想：原来这些瓮中装的不是菜油，而是人，看来这个贩油商人居心不良。她来到最后一个瓮前，发现这个瓮里装的是菜油。她舀了一大锅油，架起柴火，把油烧开了，并依次向每个瓮里浇进一瓢沸油。躲藏在瓮中的强盗还不知是怎么回事，就一个个被烫死了。

大约过了一个小时，首领猜大家一定都睡着了，于是拍手向他的手下发出了暗号。但四周毫无动静。他走到第一个油瓮前，立刻嗅到一股刺鼻的焦味。他非常吃惊，伸头一看，手下已经被烫死了。首领很害怕，觉得不能留在这里，于是翻墙逃跑了。

强盗首领从阿里巴巴家狼狈地回到了山洞，他对阿里巴巴充满了仇恨。只有杀掉阿里巴巴，才能消除他的心头之恨。于是，他决心一个人再进城去，寻找机会除掉阿里巴巴。

强盗首领从山洞里拿出一些宝物，化名哈桑，在集市上开了一个小铺子，紧挨着阿里巴巴侄子的铺子。他故意和阿里巴巴的侄子套近乎，还给他许多好处，两个人很快成了好朋友。

阿里巴巴的侄子觉得自己深受哈桑的照顾，便想邀请哈桑吃顿饭作为答谢。但他觉得自己的住处狭小，接待客人不太方便，于是去找叔叔阿里巴巴。

第二天，阿里巴巴的侄子和哈桑一起来到阿里巴巴家，受到了阿里巴巴的热情欢迎。吃饭的时候，哈桑说："我亲爱的朋友，真的很对不起，由于我身患怪病，医生给我开了药，并且嘱咐我近日不能吃带盐的菜肴。这样的规矩让我实在不便打扰你们。"

阿里巴巴起身去厨房,吩咐马尔基娜做菜不要放盐。马尔基娜对这个不吃盐的客人感到很好奇,于是偷偷出来看了看。她马上认出,这人是强盗首领假扮的。

马尔基娜换上一身舞女的服装,头上缠了一块鲜艳的头巾,脸上罩一张昂贵的面纱,腰上束一块织锦围腰,围腰下面隐藏着一把用来刺杀强盗首领的匕首。她走到客厅为大家表演舞蹈。她的舞姿优美极了,引得大家纷纷鼓掌。跳完后,马尔基娜开始收赏钱。

她首先停在主人阿里巴巴面前,主人便扔了一枚金币,他的侄子同样扔了一枚金币。强盗首领看到马尔基娜走近,便掏出钱包,准备给赏钱。这时,马尔基娜鼓足勇气,以最快的速度把匕首对准他的心窝,猛刺进去。这一下刺得又准又狠,只见他鲜血喷溅,还没反应过来,就已经倒下去,没气了。看到

这惊人的一幕，阿里巴巴又羞又怒。阿里巴巴吼道："你这是干什么呀？"

马尔基娜解开强盗的外衣，他们发现他贴身佩着一把锋利的短剑。这时，阿里巴巴才认出他是那伙强盗的首领。

阿里巴巴非常感谢马尔基娜，同时十分欣赏她的机智勇敢，提出把她许配给自己的侄子。阿里巴巴的侄子也十分喜欢智勇双全的马尔基娜，他愉快地同意了叔叔的安排。

后来，阿里巴巴向法官报告了关于强盗的一切情况，法官宣布他们杀人无罪。从此，他们一家人过着快乐平静的生活。至于那个神奇的山洞，阿里巴巴曾经独自去了一次，后来就再也不曾去过。

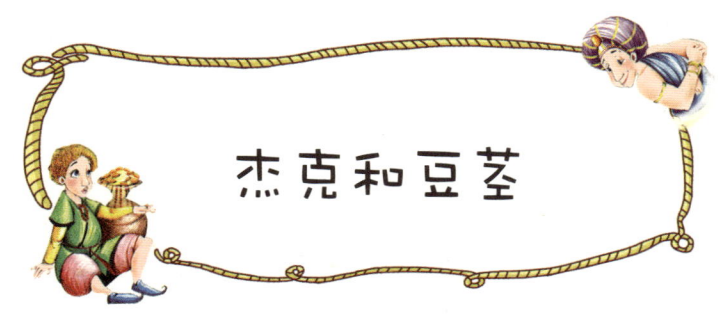

杰克和豆茎

很久以前,有个贫穷的寡妇带着儿子杰克,耕种一块小小的菜地。虽说家境并不富裕,但母子俩却过得很舒心。这年夏天大旱,青草全都枯死了,他们种的蔬菜一点也没长出来。

妈妈对杰克说:"咱们最好卖掉奶牛,没有草料喂它,眼看着就要饿死,再说咱们也得弄点钱买吃的东西。"

第二天早晨,杰克赶着奶牛朝集市走去。没走多远,遇到一个老头儿,他对杰克说:"你好,年轻人,你上哪儿去呀!"

杰克告诉他要上集市去卖奶牛。老头儿掏出五颗豆子说:

"我拿豆子换你的奶牛。只要一种下,它们便会一直长到天上。"

杰克收下豆子回到了家。妈妈见他换回的只是几粒干巴巴的豆子,生气地把豆子全扔出窗外,大声嚷道:"你这个笨蛋,真是中了魔了。"

可怜的杰克躺在床上,十分难过,翻来覆去,好不容易才睡着。第二天早晨,杰克发现窗户上爬满了一片片巴掌大的绿叶。他非常惊异,推开窗户,探出头一看,啊,豆茎你缠我绕,一直向上升,茎梢都钻到云彩里面去了。杰克拉了拉豆茎,豆茎居然牢得很,他马上抓住豆茎往上爬,一会儿,就消失在云层中了。

杰克爬在云层上,看见有一条宽阔的大道伸向远方。他十分好奇,离开豆茎朝大道走去。走啊走,看见不远处有一座特别高的屋子,就毫不犹豫地走了过去。

"快走开吧!小孩!我丈夫是吃人的魔王,他最喜欢吃像你这样的男孩。"一个女人冲着他大声喊。

杰克摇摇头，乐呵呵地说："没关系，我现在饿得很，只要你肯给我一口饭吃，我才不在乎会不会被魔王吃掉了呢！"

那个女人听了，四处看看，见丈夫的确不在附近，便递给杰克一些面包和奶酪。

杰克大口大口地吃了起来，刚吃完，便听见"轰隆"一阵巨响，原来魔王回来了！

那个女人急忙把杰克藏进大烤箱里，并急忙给魔王端来烧好的牛犊，让他吃。

魔王大口大口地吃起牛犊来。

吃完了饭，魔王提来一只花母鸡，把它放在桌上，自言自语地说："下蛋！下蛋呀！"母鸡立刻下了一个金蛋。

到了晚上，魔王实在疲惫极了，来不及把鸡放回去，便一头倒在床上，呼呼地睡着了。

那个女人，连忙从烤箱中把杰克放了出来。杰克趁她不注意，抓起那只母鸡，向门外跑去。

　　母鸡吓得扑扇着翅膀"咯咯"地乱叫,把魔王给吵醒了。他连忙跳下床,跟着杰克跑出了大门。

　　杰克像风一样在白色的大道上狂奔,魔王也像风一样,在后面紧紧地追着。

　　跑呀,追呀,眼看魔王就要抓住杰克了,这时杰克看见那棵豆茎。他像闪电一般抓住豆茎,拼命地往下溜。

他爬到了一半时，却发现豆茎不停地摇晃起来。

杰克抬头一看：天啊！那个魔王也爬上了豆茎，正向他追来了！杰克害怕极了，用尽全身力气往下溜。快到地面时，杰克大声喊道："妈妈，妈妈你在哪儿，快拿斧头来呀！"

妈妈听见了杰克的喊声，拿起斧头冲了出来，杰克跳到地上，接过妈妈手中的斧头，猛地朝豆茎砍去。

豆茎被拦腰砍断了。"咚"的一声巨响，吃人的魔王从上面摔了下来，死了。吃人魔王的尸体躺在小花园里怪难看的，杰克和妈妈费了好大力气才将它搬走，扔进河里。神奇的豆茎没有了，吃人的魔王也没有了。杰克和妈妈靠着那只会下金蛋的母鸡，过上了幸福的生活。

娶了公主的大公鸡

有一只神奇的大公鸡,不仅长得威武雄壮,还能说人话。村庄里有一个吝啬的坏财主,经常欺负可怜的农夫。

一天,大公鸡对财主说:"老爷,我除了打鸣,还能耕地、种田、收割和打麦子,你愿意请我帮工吗?"

财主说:"行呀!每天给你吃三粒谷子!"大公鸡点了点头。

几个月过去了,庄稼丰收了。大公鸡说:"老爷,每天三粒谷子太少了,再分给我一点吧!"

财主气呼呼地说:"你把麦子塞进耳朵眼儿,能装多少就拿多少!"让人大吃一惊的是,麦子全部装进了大公鸡的耳朵眼儿。它一边飞,一边把麦子抖出来,分给了贫穷的农民。

一只雄鹰看见了大公鸡,问它去哪里,大公鸡说:"我要去向公主求婚,晚了就来不及了!"

雄鹰说:"你真有志气,我想跟着你。"

大公鸡让它飞进自己的耳朵眼儿。它们沿途遇到了聪明的狐狸、勇猛的狮子、疾速的猎狗,一个接一个地飞进了大公鸡的耳朵眼儿。

大公鸡来到皇宫,见到了遭遇邻国侵略的国王。大公鸡说:"如果你愿意把公主嫁给我,我就能帮你打退敌人。"

国王答应了。敌人的将军是一个魔法师，他变成一只凶狠的秃鹫扑上来。大公鸡从耳朵里放出了雄鹰。魔法师无计可施，赶紧又变成一只蟋蟀。大公鸡一口啄下去，将他吞进了肚子。看到将军丢了命，敌人的军队一哄而散。

国王非常高兴，却不愿意将女儿嫁给一只大公鸡。国王在酒里下了迷药，将大公鸡关进最牢固的铁房子。

大公鸡呼呼沉睡的时候，老鹰咬碎了绳子，狐狸打开了牢门，狮子踹开了钢板，猎狗背着大公鸡，来到了国王的卧室。国王害怕极了，只得乖乖地让公主与大公鸡举行了婚礼。

第二天，神奇的事情发生了，大公鸡变成了一个头戴王冠的金发王子。从此，王子和公主幸福地生活在一起。

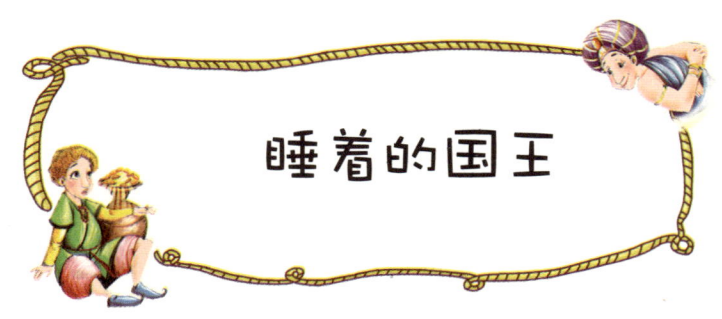

睡着的国王

阿拉伯青年哈桑，继承了父亲的大笔遗产。哈桑不听母亲劝说，整天和一帮坏朋友吃喝玩乐。等他的钱财用完时，那些人就再也不搭理他了。哈桑又气又悔，向母亲承认了错误。母亲给他一坛子金币，说："以后不要那么轻信人了！"哈桑改过自新，过上了富裕的生活，却再也不相信友谊。

为了发泄内心的不满，哈桑每天都请一个陌生人到家里做

客,然后再把那人轰出家门。国王听说了这个事情,穿着百姓衣服来到他家门前。不知情的哈桑邀请国王去做客,拿出最好的美食和最纯的葡萄酒款待。

国王非常开心,说:"亲爱的朋友,以后我会来看望你的。"

哈桑却说:"我的客人,明天我们就不是朋友了!"国王很奇怪,忙问发生了什么。哈桑摇头不回答。

国王说:"那你有什么愿望呢?"

哈桑回答:"要是能让那些背信弃义的家伙受到惩罚,我就心满意足了!"国王悄悄在酒杯里放下睡睡草,哈桑很快就进入了梦乡。国王命人将哈桑背回了王宫,吩咐说:"认清这个年轻人的模样,像对待我一样服侍他。"

哈桑一醒来,发现自己睡在一个金碧辉煌的房间里,美丽的侍女在轻轻呼唤:"亲爱的国王,请起床议政了。"

哈桑惊讶万分，忙问："这是哪里？你叫我什么？"

侍女恭敬地回答："尊贵的国王，你在自己的皇宫里啊！"

哈桑稀里糊涂地坐上了镶嵌钻石的宝座。大臣们恭敬地低着头，轮番向他汇报国家大事，听候安排和决定。哈桑逐渐镇定，终于相信自己就是国王，立刻下令抓捕那些抛弃他的坏朋友，说："让他们抽打嘴巴一千下，说一万遍'我是背信弃义的小人，不要和我做朋友'。"

惩处完那些人后，哈桑回到内殿，还是不确定自己是不是在做梦，他就吩咐仆人咬自己的耳朵。哈桑疼得大叫起来。躲在一旁的国王看见了，忍不住大笑起来。从此以后，哈桑和国王成了好朋友，并开始相信友谊还活在自己生活中。

会煮肉菜粥的锅子

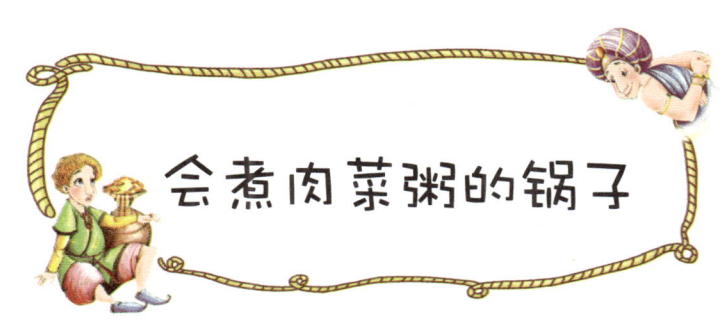

玛莉亚和年迈的祖母生活在一起,日子过得很辛苦。有一天,玛莉亚和两个女孩去河边洗衣服,看见一个衣衫破旧的老婆婆坐在石头上梳头发。她看到女孩们就大声说:"可怜的老人手很累,有谁愿意帮她梳一条漂亮的大辫子吗?"

一个女孩说:"哼,我们自己还很累呢!"另一个女孩说:"老人家不应该臭美!"唯独玛莉亚走上前去,认真地为老婆婆梳起了辫子。两个女孩见了,一边嘲讽玛莉亚,一边离开了河边。

"肚子真饿啊！"老婆婆皱起了眉头。玛莉亚又拿出土豆，说："你吃吧，我身上只有这个了！"老婆婆一点也不推让，大口嚼了起来。

过了一会儿，老婆婆的大辫子梳好了，她感激地说："好孩子，谢谢你。你想得到一个礼物吗？"

玛莉亚摆摆手，说："我不要礼物！你和我的祖母一样老，需要得到帮助。"老婆婆高兴极了，拿出一个铁锅，说："你对着它说'锅啊锅，起来忙碌'，它就会咕嘟咕嘟煮出可口的肉菜粥。如果你对它说'锅啊锅，回去休息'，它就停止煮粥。带回家吧，这是你应得的礼物！"

说完，老婆婆一眨眼就不见了。从此，玛莉亚天天都能喝到香喷喷的肉菜粥，还救济了不少的穷人。

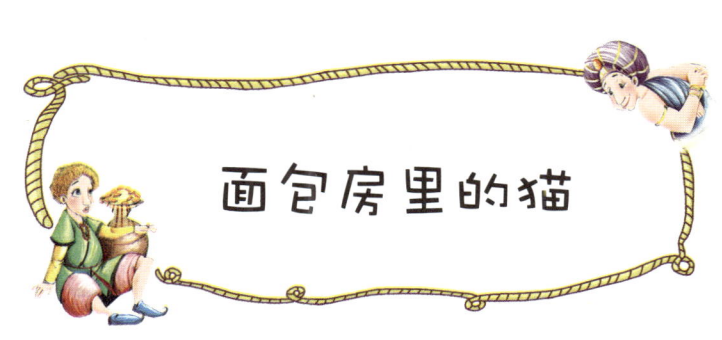

面包房里的猫

熊太太开了一家面包房,她烤的面包又香又软,城里的人都爱吃。

熊太太家收养了一只流浪猫,名叫邦尼。他们俩的感情可深啦!每次熊太太讲起邦尼流浪时受的苦,就抱着它泪汪汪的。邦尼呢,为了回报熊太太给它家庭温暖,每天勤奋地捉老鼠。城里的其他面包房卖出去的面包时不时沾有老鼠屎,熊太太家的面包房卖出去的面包从来没有老鼠屎,让城里人吃得很放心。

有一天,邦尼追一只老鼠跑得很远很远,天下雨了,等它跑回家时浑身淋得湿透了。熊太太心疼极了,赶紧把它抱到暖

和的火炉边，给它喝热热的牛奶，熊太太还在牛奶里加了一点儿酵母。等邦尼喝了牛奶，全身暖和了，熊太太才去睡。

谁也没想到，就在邦尼做梦的时候，那点儿酵母在它身体里一点点发酵，它的身体开始膨胀，起初像一条狗，然后像一头猪，最后像一匹马。

第二天，熊太太看见大得像马一样的邦尼，吓得尖叫了一声，城里人看见邦尼，也吓得乱成一团。城里人把邦尼赶到城外去了。

熊太太照常做她的面包，当她把一点儿酵母放进面粉里，看着面团胀大时，她一下明白了邦尼为什么变大了。

熊太太不停地对城里的人讲："邦尼是冤枉的，他是吃了我给他的酵母才变大的。邦尼是只温和可爱的猫，他离开我可怎么办呀？"可是没人敢让邦尼回来。

自从邦尼走后，熊太太家的老鼠多起来了，她卖出的面包里老是有老鼠屎，城里人再也吃不到可口的面包了，熊太太每天都很想念邦尼。

再说邦尼呢，除了想念熊太太时难受外，整天在郊外过得自由自在。它长得更大了，像一头大象。不过，地里的田鼠很多，足够它享用；河里鱼很多，抓也抓不完。

有一年，邻国的国王率领军队准备攻打熊太太所在的城市，城里的人听到这个消息紧张得要命，他们没人打过仗，也没有哪家储备武器。国王的军队越来越近了，这时，一个军官一眼发现了在河边吃鱼的邦尼。

"天哪！这个城市的猫大得像大象，人不知大得像什么！"国王听了军官的汇报，赶紧调头回去了。城里人在城墙上看到这一情景，都很感激邦尼，他们打开城门，请邦尼回去，还做了一个很大的金奖章，挂在邦尼的脖子上，上面写着：我们爱大邦尼！

熊太太看见邦尼回来了，高兴得直抹眼泪，忙跑上前去拥抱邦尼，可是邦尼太大了，结果是邦尼把熊太太抱在怀里。

勤快与懒惰

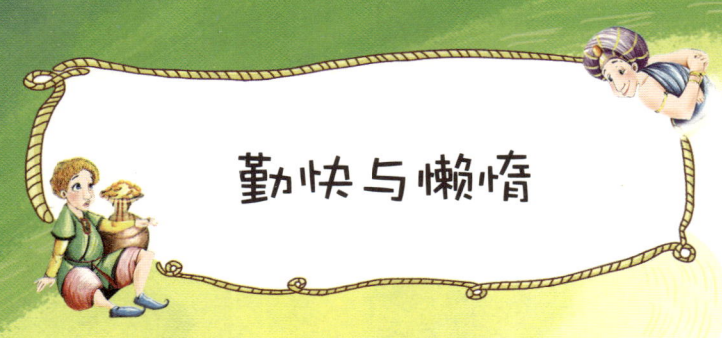

有一个老妇人，她有两个美丽的女儿：一个叫玛丽亚，很勤快；一个叫玛拉莎，很懒惰。一天，玛丽亚在井边拿着纺锤纺纱线，不小心纺锤掉到井里了。她怕妈妈伤心，就跳到井里去捞纺锤。谁知井太深了，跳下去时，她被摔晕了。过了好一阵，玛丽亚醒来，发现自己躺在一片美丽的草地上，只见一条弯弯曲曲的小路通向一间小木屋。

玛丽亚推开小木屋的门进去，发现一个烤炉里装满了烤好的面包，玛丽亚用长长的铲子把面包取出来。玛丽亚走到后院，看到一株苹果树结满了苹果。"摇一摇我，苹果熟透了！"苹果树对着玛丽亚喊道。玛丽亚摇动苹果树，苹果"扑通扑通"掉了下来。别让苹果打着我的脑袋！玛丽亚一边想，一边往小木屋走去。她刚走到门口，头上突然掉下很多

金币，金币全粘在了她的衣服上。

"这是你为我做事所得的报酬！"一位仙女笑吟吟地站在她面前，手里拿着掉进井里的纺锤，说："快回家吧！"一眨眼的工夫，玛丽亚又坐在井旁，手里拿着纺锤，只是衣服上粘满了金币。"我们的金姑娘回家了！"井旁的大公鸡叫了起来。懒惰的玛拉莎也想得到金币，她学着玛丽亚的样子来到了小木屋。烤炉里的面包朝她喊道："把我们拿出来！把我们拿出来！""摇一摇我，摇一摇我！"苹果树喊道。"我才不呢，你又不给我金币！"玛拉莎退回到小木屋门口，兴奋地等着金币掉下来。

"哗——"门开了，一种黑乎乎黏稠稠的东西倾盆而下，玛拉莎全身粘满了沥青。"这就是你懒惰的后果！"仙女站在玛拉莎面前，把纺锤还给了她。"我们的脏姑娘回家啦！"井旁的大公鸡叫了起来。玛拉莎又羞又恼，捂着脸大哭起来。

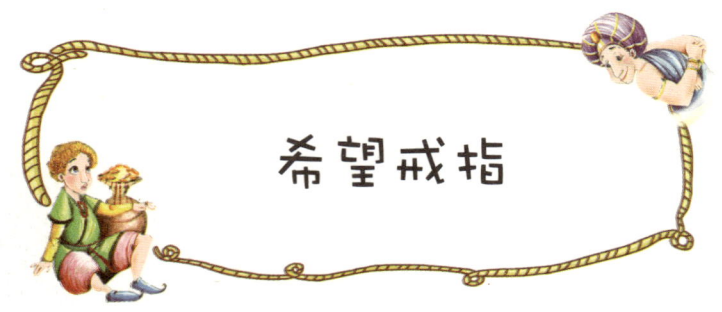

希望戒指

  农夫干完活正在田里休息时,一个仙女对他说:"你这样没日没夜地劳动是没有出头之日的。你沿着这条路走下去,看到那棵最高大的松树,就把它砍倒吧。你会有好运的。"说完,仙女就不见了。

  农夫听了仙女的话,带着斧头上路了。走了整整两天,才看到仙女说的那棵松树，于是他把松树砍倒了。松树倒下时，从上面掉下了一个鸟窝，里面有两个鸟蛋。鸟蛋落到地上就裂开了，一个里面飞出来一只小鹰，另一个里面滚出来一枚戒指。正当农夫看得目瞪口呆时，小鹰说话了，它说："谢谢你把我从魔法中救了出来，只要你把这枚神奇戒指戴在手上，转一圈，说出你的愿望，它就能实现。不过只能说一个愿望，你要想清楚啊。"说完，它就飞走了。

农夫觉得好像做梦一样，他喜气洋洋地往家里走去。碰到一个珠宝商，他很骄傲地把戒指展示给珠宝商看。珠宝商笑他拿不值钱的东西来炫耀。农夫笑着说："你才是不识货啊，这可是宝贝，是可以实现一个愿望的魔戒！"

珠宝商一听，眼睛都直了，决心要把戒指据为己有。很快，他就想到了坏主意。珠宝商先把农夫灌醉，趁他睡着的时候，用一个看起来相同的戒指换走了农夫的魔戒。第二天等农夫走后，珠宝商急忙把门关好，一边转动戒指，一边大声地喊道："给我钱，我要一百万个金币！"

话音还没落，金币就像雨点一样砸在他的身上。一百万个金币实在是太多了，落了很久都没有落完，可珠宝商早就被砸死了。

农夫回家后和妻子高高兴兴地看着戒指，想着要实现的愿望。可他觉得想到的愿望只要努力劳动就可以实现，没必要浪费那唯一的机会。于是，他没有使用那个已经被调包的戒指。后来，幸运之神一直眷顾农夫，风调雨顺，加上辛勤的劳动，

他们连年获得丰收，粮仓里堆满了粮食。又过了几年，农夫成了一个富裕的人。

就这样过了一年又一年，虽然他经常想起那枚神奇的戒指，可始终都没有使用。因为他相信只要努力劳动，就可以得到一切东西，至于那唯一实现愿望的机会，还是留到以后吧。

再后来，他们谈到戒指的机会越来越少了，即使拿出戒指，也说不出任何愿望来。三十年过去了，四十年过去了，夫妻俩都老了，他们一起安度晚年，直到去世也不知道自己拿的是一枚假戒指。但是由于他们一生勤劳，幸福始终伴随着他们。

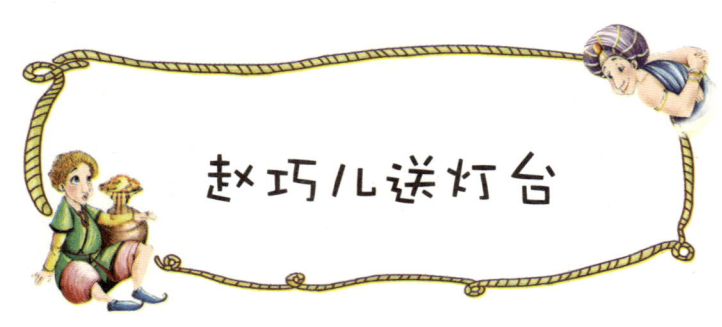

赵巧儿送灯台

赵巧儿是鲁班的徒弟，聪明又伶俐，学手艺又快又好，不禁骄傲起来。鲁班说："强中自有强中手，可不能自满！如果不静下心来认真学习，即使将物品放在眼前，也不会明白其中的奥妙。"赵巧儿红着脸点点头，心里却不以为然。

有一天，东海龙王请鲁班做灯台。鲁班经过反复思考，做了一个别致精巧的灯台。

想到大海里漆黑一片，鲁班又做了一个同样的灯台，说："两个灯台外观一模一样，里面的差别可大了！你把好的这个送给龙王爷，差

一点儿的用来照明开路。记住了，千万别弄错了！"

赵巧儿带着灯台出发了。按照师傅的叮嘱，赵巧儿打开了灯台上的避水机关，海水立刻分出一条水道，通往华丽的龙宫。赵巧儿一路都在嘀咕："明明就是一样的，哪里能分出好坏？一定是师傅在糊弄我。我偏不照做。"

赵巧儿斗胆违背师命，将差一点儿的灯台交给了龙王。不知情的龙王很高兴，派人送上珍贵的礼物，说："谢谢你了，请一路走好！"不料，赵巧儿身上的好灯台根本就没有避水机关。不管他怎么摆弄，东海的水就是不分开，这样他永远也回不了地面上了。鲁班在岸上没有等到徒弟，所以民间也留下了"赵巧儿送灯台，一去永不来"的典故。

朱特和两个哥哥

从前，有个商人叫哈迈，由于他经商有道，所以家境非常富裕。他有三个儿子，老大叫萨勒，老二叫莫约，最小的叫朱特。聪明的朱特最受父亲疼爱，因而遭到了两个哥哥的嫉妒，背地里经常被两个哥哥欺负。

哈迈老了，他担心自己死后，小儿子会被两个哥哥抛弃。为此，他在法官面前将所有财产平分为四份，把其中的三份分给三个儿子，自己留下一份，准备和老伴养老用。然后，他安慰自己："我把我的全部财产都分给他们了，从此我不欠他们什么了，对他们弟兄也没有什么厚此薄彼了。我活着时把财产分给他们，免得我死后他们为遗产吵闹。希望我的安排可以避免产生矛盾。"

不久后,哈迈死了。两个大儿子还是对财产的分配不满,他们总是找朱特的麻烦,要他再交出一些财物。就这样,兄弟之间争吵不休,最后告上了法庭。由于有法官作证,制止了两个哥哥对朱特的勒索。但是,一场官司打下来,朱特和他的两个哥哥都花了很多钱,谁也没占到便宜。

没拿到朱特的那份财产,两个哥哥始终不甘心,他们总想赶走他。于是他们开始走歪路,出钱贿赂贪官污吏,想以此来获得官司的胜利。朱特不想就这么认输,他只得应对,陪着花冤枉钱。就这样,弟兄三人的钱财一天天地落到了贪官污吏手中。最后,他们都变成了穷光蛋。

老大和老二穷得没有办法,只好厚着脸皮去找老母亲,用尽各种手段欺负她、折磨她,让她过不下去,最后逼走了母亲,霸占了母亲的财产。

母亲没想到自己的儿子这样不孝顺,但又无可奈何。她哭哭啼啼找到朱特,说:"你的两个

哥哥把我赶走了，还抢了我的财产。"

朱特安慰道："妈妈，别哭了，别哭坏了身体。他们这样不孝，会受到惩罚的。虽然现在我一贫如洗，但是我一定会照顾您，您在我这儿放心住下，我节省些就可以供养您了。只希望您能替我祈祷，我相信上天会赏赐给我们衣食的。"

从此以后，朱特一直都靠打鱼为生，用卖鱼所得的钱养活自己和母亲。由于他的勤劳，生活渐渐好起来，至少不愁吃穿。

相反，他的两个哥哥好吃懒做，无所事事，很快就花光了从母亲那里抢到的财物，变成了乞丐。

他们只好偷偷找到母亲，向她诉苦。善良的母亲不忍心看

到儿子受苦，常常拿些面饼给他们充饥，但她又害怕朱特看到会生气，所以总是背着他，不敢让他看到。

有一天，她正拿东西给老大和老二吃，不巧被朱特撞见了。母亲很不安，可是朱特笑着说："两位哥哥，欢迎你们来看我们。"

他拥抱着哥哥们，微笑着说："我一直很希望你们常来看望母亲，不然，她会感到寂寞的。现在好了，你们来了，我们一家团圆了，母亲也会更开心的。"

母亲看着儿子们和好如初，一家人又团聚了，感到非常高兴。她对朱特说："儿子啊，感谢上天恩赐，你又孝顺又照顾手足之情，看着你辛勤劳作，收入越来越多，妈妈感到很欣慰。"就这样，兄弟三人一起奉养老母亲，过着快乐的生活。

夸父追日

传说在远古时代,北方有一位叫夸父的巨人。他身材高大无比,有使不完的力气。那时候,世界一片蛮荒,到处是吃人的野兽。不是洪水就是干旱。人们过着十分凄苦的日子。

有一年,天气突然变得酷热起来,河流被火热的阳光烤干了,土地被晒得裂出了一道道口子。没了水源,人们只得背井离乡,四处逃荒,那种日子让人苦不堪言。夸父看到这

种情景,向部落里的人们发誓,一定要捉住太阳,为大家讨回公道。

第二天,太阳刚从海面上升起的时候,夸父就像疾风一样追赶了过去。饿了,他就摘山上的野果充饥;渴了,他就跑到黄河边,大口大口地喝水解渴;困了,他就躺在大地上打一个盹儿,有了精神又继续追赶太阳。就这样,夸父跨过一座座高山,穿过一条条大河,一连追了九天九夜,终于要追上太阳了。

然而,就在夸父兴奋地伸手去捉太阳时,他因疲劳过度,"扑通"一声倒下了。渐渐地,他的身体变成了一座大山,就是现在河南境内的"夸父山"。夸父扔下的手杖变成了一片茂密的树林,被后人称为"邓林"。

夸父死后,天帝被他的精神感动了,惩罚了太阳。从此,气候变得风调雨顺,人们过上了幸福的生活。

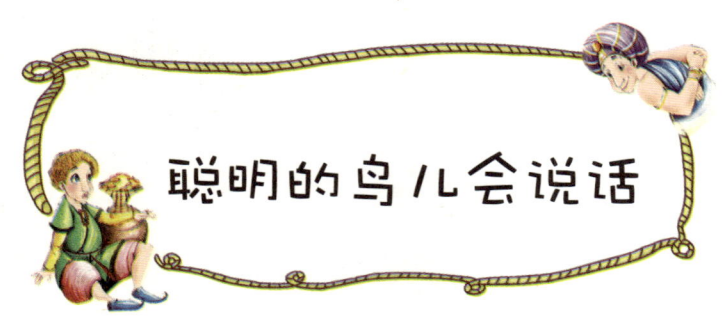

聪明的鸟儿会说话

很久以前，一位国王娶了一位王后，这位王后既善良又美丽，但她的两个姐姐心肠很坏。她们很嫉妒自己的妹妹，整天都想着怎样去害她。

后来，王后生了两个儿子和一个女儿，国王非常喜欢他们。但是有一天，王后的两个坏姐姐把这几个可爱的孩子放进一个小木桶里，让小木桶顺着小河漂走了。

小木桶漂啊漂啊，它漂过御花园时，被看园人发现了。看园人赶紧将小木桶捞上岸，救起了孩子们。看园人夫妇的年纪都很大了，还没有自己的孩子，于是，他们收养了这三个孩子。三个孩子给他们寂寞的生活带来了很大的安慰和快乐。

王后的两个坏姐姐把三个孩子丢掉后，跑去告诉国王："王后把自己的三个孩子都害死了。"

国王急忙跑到王后的寝宫，发现三个孩子果然不见了。他气坏了，不管王后怎么解释，他都不听，还叫人把王后关进了监狱。

其实，当王后在监狱里悲伤绝望的时候，她的三个孩子正被看园人夫妇宠爱着呢！夫妇俩为孩子们盖了一座漂亮的房子，房子外还有一个花园。孩子们在看园人夫妇的呵护下，愉快地成长。

一天，有一位老人来到这里，他参观了孩子们的房子和花园后，大大赞赏了它们的美丽和舒适。之后，他又说："如果你们兄妹三个能找到三样珍宝，就会使这座房子更加美丽。"

"是哪三样宝贝呢？"孩子们问。"第一样是会说话的鸟儿，当它唱歌的时候，成千上万的鸟儿都会飞到它那里；第二样是黄金水，有了它，沙漠里也会喷出永不干涸的泉水；第三样是奏乐树，每当风儿吹过的时候，它的叶子能

奏出世界上最美妙的音乐。"老人微笑着回答。

听了老人的话，大王子决定去寻找这三样宝贝。他不顾弟弟妹妹的劝告，毅然出发了。在路上，他遇到了一位老人。这位老人长着长长的胡子和花白的头发。"小伙子，你要到什么地方去呀？"老人慈祥地问。

"我要去寻找会说话的鸟儿、黄金水和奏乐树。"大王子回答道。

"好孩子，我这儿有一个金球，跟着它走，你就能找到这三样宝贝。"老人说完，从口袋里拿出一个金球交给大王子。

"啊，老爷爷，太感谢您了！"大王子高兴地说。

"但是，"老人接着说，"在你跟着金球前进的时候，你身后会传来许多可怕的声音。无论如何，你都不要回头，否则，你就会变成石头！"

　　大王子答应了。他接过金球，开始跟着它前进。果然，过了一会儿，他身后就传来了可怕的声音。刚开始，他还能忍住，可后来他身后的声音越来越大，越来越恐怖。大王子终于忍不住了，他想：就回头看一眼。于是，他慢慢转过头去，他立刻就变成了一座石像。

　　一年过去了，看到大王子还没有回来，二王子便决定去寻找自己的哥哥。他在路上也遇到了那位老人，老人也给了他一个小金球，并对他说了同样的话，最后也特别叮嘱他，无论听到身后传来什么样的声音都不要回头，否则就会变成石头。可是，二王子和他的哥哥一样，最终没能忍住，结果也变成了一座石像。

　　这样，两年过去了，看到自己的两个哥哥都没有回来，小公主担心极了。她觉得两个哥哥一定是遇到了危险，于是决定去寻找他们。

小公主走啊走啊，她也遇到了那位老人。"小姑娘，你要到什么地方去呀？"老人慈祥地问。

"我去寻找我的两个哥哥。两年前，他们都去寻找会说话的鸟儿、黄金水和奏乐树，可是直到现在，他们都没有回来。"

"小姑娘呀，你的两个哥哥都已经变成了石头！"老人说。

"天哪！这可怎么办呀？"小公主伤心地哭起来。

看到小公主那么伤心，老人很心疼，就给了她一个小金球，并告诉她："只要跟着小金球走，就能找到那三样宝贝。之后，你只要把黄金水滴到你哥哥们变成的石像上，他们就能复活。"

"谢谢老爷爷！"小公主接过金球，高兴得跳起来。

"但是，"老人接着说，"在你跟着小金球前进的时候，你的身后会传来许多可怕的声音，你一定要克制内心的恐惧，不要回头看。否则，你也会变成石头的！"

"老爷爷,我记住了!为了救我亲爱的哥哥们,我一定会忍住的!"小公主说完,接过小金球,跟在它后面跑起来。

不一会儿,小金球就带着小公主来到了一座大森林,森林里非常阴暗。这时,小公主背后传来了可怕的声音,那声音既像野兽的吼叫,又像魔鬼的笑声。小公主害怕极了,但她牢牢地记住老人的话,竭力忍住,没有回头。就这样,她终于顺利地走出了森林。

刚走出森林,小公主就看到了一只美丽的鸟儿。它浑身上下都长着洁白的羽毛,它的嘴是红色的,像红玫瑰那样鲜艳、娇嫩,它那黑色的眼睛就像两颗黑色的宝石,散发着光彩。

"你好呀,漂亮的姑娘,我一直在等你。"鸟儿开口说话了。

"你好呀,会说话的鸟儿,我终于找到你了!"小公主开心地说,"你能告诉我,黄金水和奏乐树在哪里吗?我的两个哥哥都变成了石像,只有黄金水才能救他们。"

"请跟我来吧。"会说话的鸟儿张开翅膀飞起来了。它先把小公主带到一棵美丽的小树旁,这棵树长着挺拔的枝干和茂密

的树冠，叶子碧绿碧绿的，上面还滚动着晶莹的水珠，在阳光的照耀下闪闪发光。

　　这时，一阵清风吹过，小树的枝叶在清风中优美地摆动着，奏出了一曲美妙的音乐，小公主听得入了迷。接着，鸟儿又带着小公主来到一条小溪前，在阳光的照耀下，溪水泛着金子般的光芒。"这就是黄金水！快把它装起来，去救你的哥哥吧。"鸟儿对小公主说。

　　小公主拿出一个玻璃瓶，装了一大瓶黄金水。然后，她带着奏乐树和会说话的鸟儿一起返回了森林。

　　在小金球的带领下，她找到了已经变成石像的两个哥哥。小公主把黄金水滴到他们身上，两个哥哥立刻就复活了。

　　他们抱住自己的妹妹放声大哭起来。三个人想去找老人道

谢，可怎么也找不到他。

三兄妹带着三件宝贝，一起回到家中。很快，全国的人都知道了这件事，纷纷跑来观看这三件稀世珍宝。最后，连国王都知道了，他也来到了三兄妹的家中。三兄妹为国王展示了三件宝贝的神奇之处，国王赞不绝口，决定奖赏他们。

这时，会说话的鸟儿开口了："亲爱的国王，您一直都是一个英明的君主，但是您为什么要听信坏人的话，把自己的妻子关进监狱呢？"

听到鸟儿的话，国王很生气："王后是罪有应得，她害死了我们的三个孩子。直到现在，我都没有找到我那些可怜的孩子的尸体！"

鸟儿说："亲爱的陛下呀，您被骗了！是王后的两个坏姐姐趁王后不在的时候，把你们的三个孩子装进木桶，扔进了小河里。"

"天哪！你说的是真的吗？"国王吃惊极了，"那他们现在在什么地方呢？"

"他们就在您的面前呀，就是这聪明又勇敢的三兄妹！当年，他们被王后的两个坏姐姐放进木桶，扔到河里，是好心的

看园人收养了他们。"小鸟说道。

"是的！尊敬的国王，这三个孩子的确是装在木桶里，顺着小河漂来的。"站在一旁的看园人说话了。

听了他们的话，国王赶紧召来了王后的两个姐姐。两个姐姐只好认罪。国王立刻下令处死她们，并且马上到监狱接出了自己亲爱的妻子。国王跪在王后面前，深情地对她说："亲爱的妻子，是我听信坏人的话，冤枉了你。现在，我找回了我们的三个孩子，你能原谅我吗？"

"亲爱的陛下，我从来就没有怪过你！"美丽善良的王后微笑着说，"现在，我们的孩子回来了，让我们永远在一起吧！"从此以后，一家人幸福快乐地生活在一起。

田螺姑娘

很久以前，河边上有一个小村子。村子里住着一个男子，他勤恳能干，每天都在田间辛勤劳作。但是，因为家里穷，他一直没有娶上媳妇。有一天，单身汉下田时，无意中拾到一只大田螺，他从来没有见过这么大的田螺，于是高兴地把它带回了家，养在了自家的水缸里。

三年过去了。一天，单身汉从田地里干完活回家，老远就闻到了香喷喷的味道。走进家门后，他发现桌子上摆着热气腾腾的饭菜。单身汉觉得很奇怪，左看右瞧也不见有人。他肚子饿极了，不顾一切上桌吃了起来。他边吃边想：是谁会给自己煮这么好吃的一桌饭菜呢？

连续几天，单身汉干活回来时，家里都

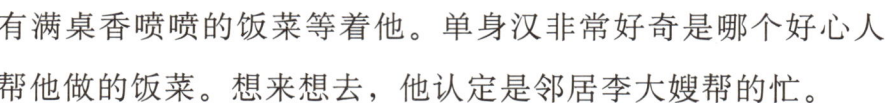

有满桌香喷喷的饭菜等着他。单身汉非常好奇是哪个好心人帮他做的饭菜。想来想去，他认定是邻居李大嫂帮的忙。

今天我要去好好感谢人家，他想。

于是单身汉去向邻居李大嫂道谢。可是李大嫂说："我没有帮你做饭啊，每天我都听到你厨房里有做饭、炒菜声，我还以为是你自己在做饭呢。"

单身汉越发感到奇怪了，会是谁在替自己做饭呢？他决定要弄个明白。

第二天，单身汉像往常一样扛上农具出工去了。这次他多了个心眼，没过一会儿他又偷偷返回来，躲在家门外偷看。快到中午时，他看到水缸的盖子慢慢被掀开了，从水缸里走出一位仙女般美丽的姑娘。接着，姑娘很熟练地开始做饭、炒菜。

很快，香味就从小屋里飘了出来，单身汉看到那个姑娘一会儿功夫就摆满了一桌和这几日吃的一模一样的饭菜。饭菜做好后，姑娘又像一阵烟一样，不见了。原来，她又躲进水缸里去了。单身汉使劲地揉揉眼睛，心想：今天该不会是我看花了眼？于是，他连续几天都偷偷躲在屋外看，结果发现自己没有看错，的确是一位美丽的姑娘每天在帮自己做饭炒菜。

单身汉觉得非常奇怪，心想：这么一位漂亮贤惠的姑娘天天来帮自己煮饭，究竟为了什么？她为什么要从水缸里出来又回到水缸里去呢？带着很多疑问，他暗自下了决心，一定要把整件事情问个清楚。

又一天的中午到了，当姑娘正在专心做饭时，单身汉突然推门走了进去，问："你是哪家的姑娘？"姑娘走到一旁，红着脸不说话。

单身汉急忙冲到水缸前，想看看水缸里究竟藏着什么玄机。可是，当他打开水缸盖子看时，却傻了眼：那只田螺只剩下一个空壳漂浮在水中。难道这天仙般的姑娘是田螺变的？

"姑娘，你为什么要这样帮我？"单身汉又问。

姑娘说："我是田螺姑娘。那天被你捡回来，本来以为会没了性命，但是没想到善良的你不仅没有杀我，还把我养在了水缸里。看到你那么勤劳善良，我就想帮你做饭报答你的恩情。"

单身汉听后非常感动。后来，他与田螺姑娘结了婚，幸福地生活在了一起。